當代商神

7

高明反擊

何常在——著

目錄
Contents

第一章

現代暖男

「昨晚真的謝謝你，救了我兩次。」藍襪露出雪白的大腿，
「你真是一個好人，溫暖的好男人，簡稱暖男。」
暖男？！這稱呼很新穎，
商深不知道，若干年後，暖男一詞開始流行，成了新好男人的代名詞。

「ＡＡ制最好……」

「閉嘴！」

安本山藏話說一半就被祖縱嗆了回去，祖縱眼睛一瞪，一臉不滿，「來到中國吃飯喝茶還ＡＡ制，打中國人臉是吧？你以為我堂堂的泱泱大國跟你們日本一樣缺衣少穿？」

這話祖縱說對了一半，日本雖然經濟比中國發達了許多，但日本許多東西都依賴進口，而且農產品價格十分昂貴。

前面不遠有一家名叫「走馬觀花」的茶館，祖縱一馬當先來到茶館，要了最大最好的包廂，然後一搖三晃地領頭帶路上樓。

走到一半的時候，有個胖子要下樓，和祖縱正面相遇。祖縱一把推開胖子，嚷道：「長這麼胖還橫著走路，不知道自己多占空間嗎？真沒素質。你讓開點兒，別丟中國人的臉，知道不?!」

胖子滿臉橫肉，本來被祖縱一推，臉色拂然一變就要發作，等目光落在祖縱身後幾人的身上時，愣了愣，遲疑著問：「國際友人？日本人？」

祖縱斜著眼點點頭，從鼻孔「哼」了一聲。胖子立馬換了副笑臉，衝馬朵點頭哈腰地鞠了一個躬：「太君好。」

商深險些沒有笑噴，這傢伙也太沒眼力了，居然將馬朵當成了日本人。

馬朵沒理胖子，板著臉。胖子退讓到一邊，恭恭敬敬地請一行人先走。

等到了房間，安本山藏鞠躬彎腰，一一請馬朵、商深和祖縱入座，他才坐下。

「不知道各位有沒有聽說過安義正的名字？」

「聽過。」馬朵當然知道安義正是何許人也，現在的他和安義正相比，完全不是一個量級的對手，不對，應該說他和安義正還沒有任何可比之處。

商深也點頭說道：「安義正的傳奇是可以激勵許多人奮進的勵志教科書。安義正先生也說過，他是中國人的後裔。」

「是的，安義正先生從來沒有忘記自己有中國人血統的事實，所以他在取得日本國籍並且擁有日本姓氏後，還是改回了中國的姓氏。」

說起安義正時，安本山藏一臉肅然，表現出了對安義正無比崇敬的神態。

「安義正先生非常看好中國的互聯網產業，認為中國的互聯網在未來會有很大的發展空間，中國有可能會成為僅次於美國的第二大互聯網大國。」

說到互聯網，馬朵的眼睛頓時亮了：「安義正真這麼看好中國互聯網產業的未來？」

安本山藏點點頭：「我來北京就是受安義正先生之託，為軟體銀行在北京成立中國分公司做前期準備工作。」

商深雖然相信在不久的將來，北京會成為許多跨國集團的中國總部，或是大中華地區的辦事處，但沒想到安義正的動作會如此快。

商深之所以對安義正印象深刻，主要也是因為安義正非常看好互聯網的未來，不僅僅是中國互聯網，也包括日本和全球的互聯網。從安義正投資的項目和佈局分析可以得出一個結論，安義正在賭全球互聯網的明天。

作為目前在互聯網上的發展勢頭僅次於美國的中國，自然是安義正重點關注的對象。正是因為安義正關注互聯網和相關的ＩＴ產業，美國人稱他為電子時代大帝！

馬朵舉起一杯茶，敬向商深：「商老弟，我先敬你。」

商深不解其意，笑道：「什麼理由？」

「感謝你讓我認識了祖縱。」馬朵一飲而盡，又端起第二杯茶，「祖先生，我敬你。」

祖縱端起茶杯：「你是感謝我讓你認識了安本山藏是不是？你肯定納

悶，我沒有從事互聯網行業，為什麼安本桑會找我合作，對吧？」

祖縱一口喝光杯中茶，哈哈一笑：「要是別人，我才懶得理他，但你不同。首先，你是商深的朋友，商深的朋友就是我的朋友，我是一個非常注重朋友情誼的人，所以對你另眼相看；其次，你長得很另類，比我還醜，和你在一起，我忽然多了幾分自信，感覺到人間還是充滿了正能量，所以遷就你三分。」

「哈哈。」馬朵仰天大笑，祖縱雖然囂張狂妄了些，但性格中也有可愛的一面，他很欣賞祖縱的直爽，回道：「別人是英雄惜英雄，我們是另類惜外星人了？」

「另類只是長相，從本質和內心的情懷來講，我們也是英雄。」祖縱朝後一仰，由於用力過猛，險些摔倒，他也不以為意，「安本找我，是想租下我名下位於三環的一個大廈當辦公地點，出於愛國的情懷，我沒答應他。」

商深也笑了，祖縱還真是一個有意思的妙人：「安本先生，軟體銀行打算把大中華區的總部設在哪裡？」

「大中華區的資本總部準備設在新加坡，營運總部設在上海，此外，在北京、天津等大城市也會成立辦事機構。」

安本山藏恭敬地回答商深，他看出來，三人中，雖然商深話最少，但儼然商深的影響力最大，是祖縱和馬朵的連接橋梁。

「我個人還是更看好把大中華區的總部設在北京，未來的世界是中國的世界。」商深也知道目前中國的發展才剛剛起步，別說和新加坡相比了，就是和臺灣、韓國相比，也還相差甚遠，但相信以中國現在的發展速度以及中國曾經一度領先了世界幾千年的輝煌過去，早晚，未來是中國的未來。

「我回去後，會向安義正先生如實彙報。」安本山藏並沒有正面回答商深，他在軟體銀行雖然職務不低，但還不到可以左右安義正決策的層次。

商深也只是點到為止，不再多說，隨便聊了幾句之後，話題一轉：「如果安先生想投資中國的互聯網企業的話，投資馬朵，絕對會是一筆可以獲得豐厚回報的生意。」

馬朵哈哈一笑：「說不定不用多久，我就可以和安義正先生見面了。不過，我希望和安先生見面時不是在北京，而是在杭州。我會請他到西湖泛舟，在充滿了詩情畫意的西湖上暢談未來。」

又聊了將近一個小時，見天色不早，商深提出了結束會談。

茶館門口，祖縱拉著商深的手搖晃幾下：「商深，替我打敗葉十三，需要什麼幫助就儘管開口，要錢有錢要人有人。」

商深呵呵一笑：「要人？你出面當維護正義的正義俠怎麼樣？」

「什麼正義俠？美國電影看多了吧？還正義俠咧，怎麼不是蜘蛛俠、蝙蝠俠啊？」祖縱哪裡知道商深的試探，搖頭加擺手，「好了，不多說了，不早了，我還得趕緊回去，再晚，小小該不高興了。」

「小小是誰？」商深促狹地問。

「小小就是小小，不是大大。」祖縱嘿嘿一笑，「小小雖然叫小小，可是該大的地方絕對不小。」

「得了，得了。」商深忙阻止祖縱，以防他說個沒完，他現在知道正義俠不是祖縱就行了，揮手和祖縱告別。

「不錯，今天真不錯，收穫頗豐。謝謝你商深老弟，你真是我的福星。」馬朵心情大好，「走，三里屯喝酒去。」

「還是不去了，不早了，我回去還得加班。」商深謝絕了馬朵的盛情相邀，告別馬朵，獨自開車回家。

回到家，發現崔涵薇不在。崔涵薇不在也沒什麼，商深畢竟還沒有和崔涵薇同居，崔涵薇也不是經常留宿，只是偶爾來一兩次罷了。

崔涵薇顯然來過，人雖不在，手機卻在。不知道她怎麼這麼粗心，走時居然忘了帶手機。小巧的銀色手機安靜地躺在茶几上，似乎在無聲地訴說崔涵薇等了他半天的事實。

商深沒有翻別人手機的習慣，也懶得打電話給崔涵薇，他洗漱完畢，見接近十一點，打開了電腦，想繼續完成沒有寫完的代碼。

剛打開電腦，手機忽然響了。這時候，誰打電話煩他？商深有幾分厭煩，拿過手機看也不看就順手關機了。

不料，關機了手機還響，商深嚇一跳，不對！不是他的手機在響，是崔涵薇的手機。

商深起身來到客廳，拿起崔涵薇的手機一看，來電顯示是ＬＷ，應該是崔涵薇很熟的人。他遲疑一下，接聽了電話，萬一有什麼急事，或許他可以轉達。

「薇薇，你在哪裡？我想見你。我快受不了了，太難受了，嗚嗚……」

話筒中傳來一個女孩迫切而急促的聲音，才說幾句就痛哭失聲了。

是藍襪！

「薇薇，你能過來接我嗎？我現在在朝陽公園，一個人很害怕！」電話就斷了。

商深忙問：「怎麼了，藍襪？」話一出口才意識到不對，藍襪的電話已經斷了。

出什麼事了？商深顧不上許多，穿上衣服，抓起自己和崔涵薇的手機，迅速下樓，然後開車直奔朝陽公園而去。

好在他離朝陽公園不遠，晚上的北京，大街十分空曠，可以一路飛奔，十幾分鐘後就趕到了。

遠遠就看到公園門口有一個女孩雙手抱肩，孤單無助的樣子，就如賣火柴的小女孩一般惹人垂憐。

商深剛停好車，還沒有下車，就見幾個騎著自行車、留著長髮，穿著花襯衫的年輕人吹著口哨，將藍襪團團圍住。其中一個長得流裡流氣，伸手就去摸藍襪的臉蛋。

「喲，身材真棒臉蛋真嫩，來，讓哥摸摸。是不是一個人寂寞了？不要緊，哥來陪你。」

藍襪閃身躲開了流裡流氣的魔爪，揚手一個耳光打在他的臉上：

「滾！」

「打是情罵是愛，再打一個我願意！」流裡流氣被打後不但沒有收斂，反而更加氣焰囂張了，向前一步，伸開雙手就要摟抱藍襪，「來，親一個。」

和流裡流氣一起的，還有三個人，都是十七八歲的年紀，應該是輟學後無所事事的混混，正是青春期的年齡，既不上學又無事可做，除了惹是生非之外，完全就是社會的累贅。

流裡流氣摟抱的動作既快速又專業，顯然沒少幹壞事，眼見藍襪就要被他抱在懷裡之時，忽然後背憑空飛來一腳正中屁股，身子站立不穩，「哎呀」一聲，一個踉蹌摔倒在地，硬生生摔了個狗吃屎。

「誰打我？兄弟，廢了他！」流裡流氣在地上打了個滾，大喊道，順手從地上摸到一塊磚頭，回身就朝商深揮了過來。

沒錯，正是商深及時趕到，飛起一腳踢飛了流裡流氣。

流裡流氣一動手，另外三個年輕人二話不說扔了自行車，呈包圍之勢將商深圍在中間。幾人步步逼近，擺出了吃定商深的架勢。

商深不慌不忙，雙手抱肩，氣定神閒地道：「我數到三，如果你們還不趕緊滾蛋，就別怪我不客氣了。」

幾人對視一眼，哈哈大笑，就憑商深這副身材還要對他們不客氣，簡直就是自不量力。

流裡流氣吹了聲口哨，嘿嘿一笑：「說大話也不怕閃了舌頭，等下老子讓你知道什麼叫生不如死，什麼叫吹牛會死！」

藍襪已經驚呆了，不知所措地看著商深，話都說不出來了。

流裡流氣獰笑著伸手抓住商深的衣領，高高舉起拳頭：「我數到三，如果你馬上跪下叫我一聲爺爺，我就當個屁放了你，否則……哎呀！」

話未說完，腰間藍光一閃，一陣劈啪聲響起，他整個人如同吃了暈車藥一樣渾身顫動，然後眼睛一翻倒在地上，再也狂妄不起來了。倒在地上後，依然顫抖不停，還口吐白沫，樣子極其狼狽嚇人。

「啊！」其餘三個小混混嚇得渾身戰慄，不敢再前進一步。

商深手中拿著電棍，劈啪直響，閃爍著嚇人的藍光，他揚了揚手中的電棍，喝道：「不怕死的儘管過來，剛充滿電，再電七八個都沒問題。」

原來商深有致命武器，幾個小混混面面相覷，只對視一眼就立刻三十六計走為上策了，當即架起流裡流氣溜之大吉。

原來電棍是崔涵薇送給商深的防身武器，其實也不是崔涵薇有意送的，而是崔涵柏不知道從哪裡弄來的，炫耀地送給崔涵薇，崔涵薇就放在了商深車裡，以防不時之需。商深一直以為這東西沒什麼用，沒想到今天倒派上了大用場。

「商深，怎麼是你？」藍襪訝異地說，呆愣片刻後，忽然一頭撲進了商深的懷中，嚶嚶地哭了起來，「帶我走，好嗎？我好怕。」

藍襪孤獨無助的樣子，就如一個無人疼愛的小女孩，她身上散發著一股淡淡的女人香，既不是清純少女的體香，也不是成熟女人的濃香，而是一股淡雅迷人的清香，撲面入鼻，有一種讓人目眩神迷的沉醉感。

商深輕輕將藍襪抱在懷中，感受到她裸露在外的胳膊的清涼，穿一身中長藍裙的她，在深遠無邊的夜幕之中，猶如一株靜靜開放的月季。

路燈映照在藍襪的脖頸上，襯托她的膚色潤白如玉，她一雙耳朵長得十分好看，在左耳的背後有一顆很小的紅痣，點綴在泛紅的耳朵上，就如美玉上的一個斑點。

藍襪整個身子都倒在商深的懷中，每邁一步都似乎用盡了全身的力氣一般。上了車，她無力地癱倒在座位上，微閉雙眼，眼中有淚水湧現。

商深替她繫上安全帶，不小心碰到她胸前的突出物，她身子微微一顫，卻沒有睜開眼。

回到家，商深扶藍襪上樓，藍襪似乎恢復了幾分力氣，不用商深攙扶自己上樓。

「我要喝水。」藍襪坐在沙發上，目光如水，柔情無限，就如向情人撒嬌的女孩。

「好。」商深倒了杯水遞給藍襪，「到底怎麼了，藍襪？」

「我和家人吵架了。」藍襪喝了口水，觸動了傷心事，眼淚瞬間湧了出來，「我該怎麼辦，商深，你幫幫我好不好？」

商深很想幫藍襪，卻不知道該怎麼幫，藍襪身世神秘，到現在他仍不知道她到底是何許人也。

「為什麼吵架？」商深坐到藍襪身邊，輕輕拍著她的後背想安慰她。不料藍襪卻身子一轉，一頭撲進了他的懷中。

懷中的藍襪一直哭泣，肩膀微微聳動，頭深深地埋在商深的懷中，哭得傷心欲絕，商深抱住了藍襪的雙肩，輕撫著藍襪的秀髮，用無聲的安慰來慰藉她受傷的心靈。

一直以來，藍襪在他的印象中都是一個沉靜如水、淡然如風的女孩，她就如一個遺世而獨立的女子，孤獨地行走在繁華的世間，任憑花開花落春去冬來，她只是恪守自己內心的本分，在自己的世界裡翩翩起舞，從來不讓別人洞悉她的內心和她的秘密。

宛如墜入凡間的仙子，她不染煙塵，不食人間煙火，踽踽獨行，從來不理會世俗的眼光。似乎除了崔涵薇之外，她再也沒有知心朋友，也沒有親人，並且……從未提及家人。

商深一直認為藍襪就是一朵孤芳自賞的彼岸花，明是生活在人間，其實是生活在別處，在自己內心中另外有一個世外桃源，從來不讓外人涉足她的內心世界半步。沒想到，此時此刻的藍襪從仙子墜落凡間，在他的懷中就如一個再平常不過的小女孩，那麼悲傷那麼無助，哭得肝腸寸斷，哭得天昏地暗。

每個人都有傷心事，他也不例外，商深忽然又想起了范衛衛，也不知道范衛衛有沒有為他如此傷心痛哭過？

不知哭了多久，藍襪不哭了，俯在商深懷中，似乎睡著了。商深輕輕抱起藍襪，來到主臥，將她放在床上，幫她脫了鞋，蓋上被子，轉身要走。

黑暗中一隻手伸來，抓住他的衣服，藍襪的聲音顫抖而充滿了哀求：

「別走，陪我，我怕。」

雖然不知道她怕的是什麼，商深只好留了下來，他坐在床邊，抓住藍襪的手，輕拍她的胳膊：「藍襪，安心睡吧，我會一直在這兒。」

「謝謝你，商深。」

藍襪臉上淚痕未乾，微閉著雙眼，長長的睫毛輕輕顫動，有一種驚心動魄之美。她如花似玉的臉龐如雨後桃花，嬌豔無比，讓人怦然心動。

藍襪的手柔弱無骨，雖比不了徐一莫的健美，比不上崔涵薇的滑膩，卻自有溫潤之感，彷彿一塊美玉，入手之處，無一不舒適美好。商深不由暗暗感慨，怪不得有人說每個女人都是一朵氣質獨特、芬芳無雙的花朵。確實如此。

想著想著，睏意襲來，商深強撐著，最後一個念頭是「千萬不要跟藍襪同睡一床……」，然而不知道什麼時候還是睡著了。

「五千年的風和雨啊，藏了多少夢。黃色的臉，黑色的眼，不變是笑容。八千里山川河嶽，像是一首歌……」

劉德華的《中國人》不停地在耳邊迴響，是他的手機在響，商深瞬間睡意全無，迅速從床上坐了起來。

睜眼一看，商深頓時驚呆了。明明記得他是坐在床邊守護藍襪，怎麼他也睡在了床上，而且還睡在藍襪身邊？等於是他和藍襪同床共枕了。

天，莫非出大事了？商深嚇了一跳，低頭一看，還好，他衣服整齊，側身而睡的藍襪也是穿著衣服，一顆心才落進肚子裡，萬一他和藍襪發生了什麼不該發生的事，他可是千古罪人了。

藍襪也醒了，翻身坐起，看了商深一眼，解釋著：「昨晚你睡著了，壓在我的身上，我沒辦法，只好把你拉到床上。」

壓在藍襪身上？商深不敢想像當時的情景，不好意思地說：「我不是有意要占你便宜的。」

「沒什麼。」藍襪又恢復了一臉淡然，微微一笑，「就算真的發生了什麼，我也不會後悔。人生總要有兩次衝動，一次為奮不顧身的愛情，一次為說走就走的旅行。不過到底還是什麼也沒有發生，也算是留下了些許遺憾……這樣也好，人生若沒有遺憾，該有多無趣。」

商深趕緊跳下床，尷尬地說：「這事……」

「你放心，我不會告訴任何人。一個大男人這麼膽小，真沒出息。」藍襪白了商深一眼，「也是怪了，你和我睡了一夜，不是又多了人生經歷，可以自豪地向你的狐朋狗友宣稱又多睡了一個女人？」

商深大汗，撓撓頭：「第一，我沒有什麼狐朋狗友。第二，我是和你睡了一夜，但只是各睡各的，和那種睡是兩碼事好不好？第三，藍襪，你昨晚到底怎麼了，哭得那麼嚇人？」

「沒事，就是我和家人吵架了，現在事情已經過去了。昨晚真的謝謝你，救了我兩次。」藍襪裙擺被被子壓住，露出了雪白的大腿和粉色的內褲，她渾然不覺，「你真是一個好人，溫暖的好男人，簡稱暖男。」

暖男?!這稱呼很新穎，商深笑了：「多謝誇獎，不過，你有沒有想過另外一個問題，暖男可以溫暖你，也可以溫暖別人。許多男人對女孩的照顧和關愛是性格使然，他對你好，轉身也會對另外一個人好，所以在挑選丈夫的時候，最好還是不要挑選暖男，因為他有可能會在溫暖你的同時，也溫暖別的女孩。」

商深不知道，若干年後，暖男一詞開始流行，成了新好男人的代名詞。

「我不管他會不會溫暖別人，只要和我在一起的時候，可以溫暖我就夠了。」藍襪大膽地看向商深，目光熱烈而癡迷，「昨晚你的胸懷就很溫暖很安全，我喜歡。」

商深被藍襪的直接和大膽嚇到，正不知道該怎麼回答時，手機又響了。他還以為是崔涵薇來電，拿起手機一看，居然是范衛衛。

商深朝藍襪做了個噤聲的動作，然後接聽了電話。

「范小姐，有何貴幹？」商深的聲音不冷不熱。

「商深，叫我衛衛好嗎？」范衛衛的聲音柔情似水，彷彿昔日重現，又回到了一年前，「晚上有時間嗎？我想和你談談。」

「晚上？」商深微一遲疑，下意識不想再和范衛衛有什麼接觸。

「嘻嘻……」藍襪輕笑一聲，然後進浴室洗漱去了。

「你現在是和崔涵薇在一起還是和徐一莫？或者是別的女孩？」

范衛衛敏銳地捕捉到話筒中女人的聲音，心驀然一沉，現在是早上，一早商深身邊就有女人，說明他們昨晚在一起過夜，雖然只是短暫的笑聲不是說話聲，她卻聽出不是崔涵薇。

和商深過夜的女孩竟不是崔涵薇，他到底要腳踏幾隻船？真是個無恥下賤的男人！范衛衛心目中商深的形象，已經跌到谷底，再也沒有一絲好感了。

商深瞪了藍襪的背影一眼，藍襪的背影依然曼妙而引人遐想，只不過商深卻沒有欣賞的興趣，完全被她故意為之的舉動氣壞了。

「我和涵薇在一起。」商深撒了謊，沒辦法，只好推到崔涵薇身上了，否則范衛衛不知會怎麼想他！

「晚上有沒有時間還不知道，今天我還有工作要做，工作做完了才能出門。這樣吧，晚上再聯繫，怎麼樣？」

「你就這麼不想見我？」范衛衛強壓住對商深的厭惡感，加大攻勢，「我想我以前真的是誤會你和崔涵薇了，在深圳時，我看你們手挽手出了酒店，還在酒店房間見到你們在飛機上的親密合影，又在機場撞見你們擁抱在一起，一連串的事情讓我認為你已經忘記了我們的三年之約，認為你移情別戀了！」

商深聽著，內心波濤大起！原來范衛衛真的誤會了他，原來一連串的陰錯陽差讓她覺得他劈腿崔涵薇，原來世界上有這麼多讓人無語的巧合。

想起他和崔涵薇在飛機上的照片，商深無奈地搖頭，別說范衛衛了，換成是他，如果他發現范衛衛和一個男孩在飛機上甜蜜地互相依靠在一起，他也會認為范衛衛有了新歡。

「商深，你告訴我，我看到的究竟是不是真的？」范衛衛雖然現在對商深恨之入骨，但想起往事時，還是難免情緒波動。

「不是，你看到的都是誤會。」商深坦白招供，「直到過年時我才接受涵薇，不久前才算和她正式確定了關係。不管你相不相信，衛衛，我只想告訴你一件事——在和你交往時，我絕對沒有喜歡上別人，從來都沒有。」

范衛衛淚流滿面，有那麼一瞬間，她真的相信了商深的話，但在淚水滑過臉龐後，她又瞬間清醒了，商深就是個徹頭徹尾的騙子，他的話沒有一句是真話。現在都和她分手了，他還想讓她相信他不是一個見異思遷的人，真是虛偽透頂了。

「我相信你。」范衛衛擦乾眼淚，緊咬牙關地說：「所以我想和你好好談談，不管我們還能不能在一起，至少也要化解所有的誤會才好，這樣，我們才能放下過去的包袱，輕裝前進。」

商深被打動了，一幕幕過往全部浮現在眼前，他點點頭：「等我電話。」想了想，問道：「你怎麼會覺得我和徐一莫在一起？」

「上次在『拐角遇到愛』見到你和徐一莫有說有笑，畫面那麼美那麼和諧，沒有一點違和感，感覺你和她在一起比和崔涵薇在一起時還開心，我就以為你和徐一莫相戀了。」范衛衛輕笑一聲，「對了商深，如果你有重新選擇的機會，在我、崔涵薇和徐一莫之間，你會選擇誰？」

第二章

釀成大禍

葉十三手中的菜刀散發著森森寒光，一刀就準備朝商深的頭上斬落。

「葉十三，你冷靜一下，不要胡來！」

商深發現廚房門口有把掃帚，趕緊拿在手中當作武器。

「現在你收手還來得及，不要一時衝動釀成無法收拾的大禍。」

「……」

商深沉默了，倒不是范衛衛的話觸動了他，而是她說他和徐一莫在一起時更開心的結論刺激到他，仔細一想，似乎真是這樣，難道說，內心深處他喜歡的是徐一莫？

怎麼可能！應該是他和徐一莫在一起的時候，沒有心理負擔，不當她是異性，只當她是一個好友，所以才會格外輕鬆，被范衛衛誤認為他喜歡的女孩是徐一莫。

「人生是單行道，沒有回頭路可走；人生也不是選擇題，沒有辦法再重新選擇。」商深給了范衛衛一個模稜兩可的回答，

「衛衛，我希望你一切都好，也希望你事業有成。但不希望你在做事情的時候夾雜太多的私人感情在內；你可以恨我，但請不要把情緒帶到工作中，這樣不利於你的事業，也不利於代俊偉的佈局。從大局來說，我希望代俊偉儘早回國創業，將他的搜尋引擎專利商業化，否則國內的搜尋引擎市場早晚會被國外的公司佔領。從個人角度出發，我也祝福你早日成就屬於自己的事業。我們正好處在一個高速發展的時代，既然遇上了互聯網浪潮，錯過這個千載難逢的機遇就太可惜了。」

「謝謝你的忠言。」范衛衛沒再多說什麼，「我等你電話。另外告訴你一件事，葉十三對你的所作所為非常惱火，他說不管你有什麼手法，他一定奉陪到底。」

「呵呵，隨便他了，我只是對事不對人，他卻對人不對事，這就是我和他最大的不同。」

「你們之間的恩怨我不作評論，不過，我知道你身邊的女孩絕對不是崔涵薇！」

范衛衛話說完，隨即掛斷了電話，不給商深解釋的機會。

耳朵這麼靈？商深回身一看，洗漱完畢的藍襪已經做好了早飯，雖然只是簡單的清粥和炒蛋，卻色香味俱佳，可以看出藍襪是個生活自理能力很強的女孩。

「麻煩了你一晚上，做頓早飯給你吃，也算是感謝你的大力相助。」藍襪擺好筷子，請商深入座，「合不合胃口先不要說，吃飽就行，對吧？君子食無求飽，居無求安，敏於事而慎於言，就有道而正焉，可謂好學也已……」

商深坐下後喝了口粥，味道可口，不禁點頭讚道：「不錯嘛，藍襪，看不出來你還有賢妻良母的潛力。以後誰要是娶了你，一定會幸福。」

「未必。」藍襪卻不領情，反駁道：「會做飯的女人未必就是賢慧的女人，女人和男人一樣，複雜多變。你不能只看我的一面就肯定我的全部，你知道我的過去、我的身世嗎？」

商深搖頭：「不知道，你不說我怎麼知道？不過，是不是知道你的過去和身世並不重要，重要的是，現在這一刻你很賢慧就夠了。至於你在別人面前賢不賢慧，就和我無關了。」

「也是，反正你又不是選我當老婆，我是不是真的賢慧並不重要。不說了，吃飯，吃飯。」藍襪喝了口粥，抬頭看了商深一眼，笑道：「你是不是一直很好奇我到底是什麼來歷？」

商深重重地點了點頭。

「別說你了，就連涵薇也不知道我的真實身分。」頓了頓，藍襪又搖頭說：「算了，還是不說了，你就當我是個沒人疼沒人愛的孤兒好了；還有一點，你別忘了我是你的大股東。」

商深笑了：「藍董，對於公司下一步的發展規劃，您有什麼指示？」

藍襪伸出筷子打了商深一下：「正經點，別鬧。」

商深憋住笑：「我現在再正經不過了。」

「好吧，我談談我的想法。」藍襪咬住筷子的一頭，目光若有所思地落在桌上的飯菜上，「葉十三的網站為什麼這麼大受歡迎？歸根結底還是為用戶提供了方便的上網方法。如果我們也建立一個網站，網頁上什麼內容都沒有，只有各大網站的連結，就好像現在桌子上擺滿了各式各樣的菜，想吃哪個就點哪個……商深，你說這樣的網站有前景嗎？」

商深頓時愣住了，腦中瞬間閃過無數種可能，過了足足一分鐘之久，他一拍桌子站了起來，「藍董，你的創意太有前瞻性了，這樣的網站不但大有前景，而且還會大有作為！」

「真的？」藍襪卻沒有商深那麼激動，淡定地說：「你不會逗我玩吧？」

在互聯網時代，創意為王，有時一個簡單的創意就有可能造就一家龐大的公司。就如當初的ＩＣＱ一樣，誰也想不到ＩＣＱ一經推出會如此大受歡迎。商深當然不是逗藍襪玩，而是他確確實實地意識到藍襪的想法絕對是神來之筆。

一個中文上網網站依靠安裝外掛程式就可以獲得意想不到的成功，如果他直接在網頁上放上各家網站的連結，那麼使用者只需要記住他一家網站，就可以隨意連上幾十家甚至幾百家網站了。等於說，他的網站就是一個中轉站，和中文上網外掛程式有異曲同工之妙，卻又不會影響到每個用戶的電腦，真是絕妙的創意！

再如果他可以根據使用者上網的需求來調整頁面上各家網站的排序，更方便地讓用戶第一時間找到最愛的網站，相信不用多久，他的網站就會成為許多用戶流覽器的首頁，是每個人開機後只要打開網頁就必須先上的網站。

不過……商深又想到了另外一個問題，他的電腦管理大師卸載中文上網外掛程式已經相當於正面向葉十三宣戰了，如果他再上線一家新的網站的話，豈不是等於在正面宣戰後，又在側面圍剿葉十三，葉十三不恨死他才怪！但又一想，不能因為藍襪的創意和葉十三的中文上網網站有重疊之處就不上馬，早晚也會有別人想出相同的創意，如果被別人搶先一步，豈不是坐失良機了？

「藍董……」

「叫我藍襪。」

「藍襪，你這個想法真的非常好，這樣，你誰也不要說，馬上召集涵薇，我們開個會，儘快確定下來這個項目，爭取在一個月之後上線。」

「真的？」藍襪開心極了，自己的主意得到了認可，她自然高興，「得起一個響亮的名字才行。」

「叫……」

商深背著手在餐廳轉了幾轉，忽然有了想法，一拍腦門，「一二三怎麼樣？」

「一二三？」藍襪微一思忖，拍手叫好，「太好了。」

商深故意逗她：「好在哪裡？」

「嗯，」藍襪歪頭想了想，一攤手，「反正就是好，具體好在哪裡，不知道。」

「哈哈！」商深大笑，知道藍襪根本沒有領會到他所起名字的妙處，「任何一個網站的網址，都要講究一個易記好唸的原則，凡是容易記住的網址，就容易被用戶接受。一二三就比一二三四五好記多了，同時，網址要盡可能越短越好，因為越短，輸入越容易，就越能留住用戶。」

「你到底是電腦天才還是心理學天才？怎麼聽你的口氣不像是創業，像是在上課？」藍襪嘻嘻一笑。

「每個成功的創業者都是一個成功的心理學家。」商深越想一二三的前景就越激動，當即拿起手機打給崔涵薇，迫不及待要第一時間和崔涵薇分享喜悅，不料撥出號碼後片刻，客廳中突然響起了鈴聲。

商深才想起崔涵薇的手機忘在了家裡，不由搖頭一笑。正要再打崔涵薇別支電話時，門一響，崔涵薇推門進來了。

崔涵薇有家裡鑰匙，雖然她平常在商深不在時很少來。一進門，崔涵薇頓時愣住了，藍襪在還不足以讓她大吃一驚，而是藍襪坐在餐桌前，和商深共進早餐的場景讓她無比震驚！

誰都知道一男一女共進晚餐不算什麼，但共進早餐就問題大了。

商深也沒有想到崔涵薇會突然出現，雖然他和藍襪並沒有發生什麼事，但還是驚訝地說：「涵薇，你怎麼來了？」

「我怎麼不能來?!」

崔涵薇曾經目睹商深和徐一莫手牽手，當時是商深並不知情又在喝醉的情形下，她絲毫沒有感覺受到徐一莫的威脅，也不覺得商深會和徐一莫發生什麼事，但現在不同，她和藍襪是好朋友不錯，卻遠不如和徐一莫的情誼深厚，最重要的是，藍襪儼然女主人一樣坐在餐桌上的姿態，實在讓她無法不胡思亂想。

「你們這是一起吃早飯？」崔涵薇並不想當一個無理取鬧的女孩，良好的家教讓她很能克制自己的情緒，「是偶遇還是約好的？」

商深知道崔涵薇誤會了，正要解釋，藍襪卻淡然一笑，不慌不忙地說道：「涵薇，我昨晚出了點事，打你的電話，卻是商深接的，他來找我，還幫我打跑了幾個小流氓。後來我就住在這裡。我覺得麻煩他許多，幫他做一頓早飯理所應當，才吃兩口，又和他談到公司下一步的發展規劃，再然後你就來了……就這樣。」

藍襪娓娓道來，語速不快不慢，將事情的來龍去脈說得一清二楚，而且不著痕跡地過濾了她和商深同床共枕的部分，不得不讓人佩服她的鎮靜。

崔涵薇是聰明的女孩，雖然剛進門時有過短暫的震驚和憤怒，但迅速平靜下來後，便意識到她不能失態，如果失態，一是說明她失去了自信，二是她不相信商深，三是不相信藍襪。

因此藍襪說完，她立即笑道：「藍妹妹，如果你和商深真的在一起，我會祝福你們並且退出。我才不會纏著商深不放，捨得捨得，先捨了，才會有更多的才俊可得。」

商深開玩笑：「有備胎的人就是好，隨時可以換掉。」

「知道就好，看你以後敢不敢不對我好！」崔涵薇嗔道，「我也沒吃早飯，正好路上買了一些，來，一起吃。」她手中拎著油條和豆腐腦。

三個人安靜吃飯，藍襪目不斜視，不再多看商深一眼，商深心想：果然女孩都是天生的演員，她們擁有不用刻意營造氣氛就能隨時轉換角色的天賦，每個都帶著讓人防不勝防的必殺技。

飯後，崔涵薇以女主人的身分收拾飯桌，藍襪要幫忙，崔涵薇沒讓。藍襪和商深坐在客廳，二人又繼續剛才的一二三的話題。

隨後，崔涵薇也加入了討論。

對藍襪的創意和商深的規劃，崔涵薇十分贊同，在贊同的同時，她又有另外的想法：「如果一二三網站成功了，我們是不是可以考慮賣出，以換取公司更大的發展空間？」

「我不反對賣出，前提是，價格合適。」商深點頭道：「如果我們的訪問量可以達到一百萬以上，最少要五百萬美元的價格出售才合適。」

「什麼時候能達到一百萬的流覽量？」崔涵薇和藍襪異口同聲地問。

「保守估計，半年後；樂觀估計，一個月後。」

「一個月？」崔涵薇和藍襪對視一眼，眼中流露出驚駭的表情，「商深，你不要信口開河。」

商深自信地笑道：「到時你們就知道了。先不和你們說了，你們先討論一下前期的資金投入等問題，我還有事情要忙，就不陪你們了。」

崔涵薇和藍襪知道商深要繼續修復電腦管理大師，就放過了他，兩人繼續討論一二三網站的規劃事宜。

商深回到自己的房間，打開電腦，開始工作。

由於陳明睿已經破解了葉十三的加密，他不用再費力破解葉十三精心設計的陷阱，如此節省了他大量時間。對商深來說，破解葉十三的加密是最耗時的一關，甚至有可能會耗費三五天以上的時間。而現在直接從原始程式碼入手就快了，等於是直搗黃龍。

商深沉下心來，拋開所有的私心雜念，全神貫注將心神投注在代碼的世界中。

之前他已經研究過葉十三外掛程式的代碼，就算葉十三再有所改變，也是萬變不離其宗，不可能從根本上改寫原始程式碼。所以商深用了不到一個小時的時間就理順了思路，知道葉十三的鉤子代碼的演算法原理，然後以其身之道還治其人之身，為他的代碼設置了一個小小的反制措施。

又花了大概兩個小時，總算解決了所有的問題，商深長舒了口氣，存檔好，然後登錄中文上網網站，安裝最新的中文上網外掛程式，再打開最新版的電腦管理大師，點擊了卸載中文外掛程式的功能。

片刻之後，軟體提示卸載成功，然後要求重新啟動。重新啟動後，一切正常，中文上網外掛程式已經被完全卸載，並且清除得乾乾淨淨。

不錯，商深滿意地合上電腦，比預期快了三五天解決了問題，相信葉十三怎麼也想不到他的反擊會如此之快。

喝了一杯茶，商深拿起電話打給王松。

「王哥，問題解決了，你們現在去公司等我，馬上上傳最新版的電腦管理大師，爭取將負面影響降低到最小範圍。」

「商總……」王松正在家裡上網，現在網上關於電腦管理大師的負面評論又多了起來，主要是電腦管理大師停止下載引發了猜疑，有人翻出昨天的評論，於是又點燃了電腦管理大師和中文上網外掛程式開戰的議論。

雖然不少用戶站在電腦管理大師一邊，但還是有不少反對的聲音聲稱電腦管理大師居然被中文上網外掛程式弄崩潰了，可見軟體的結構有多不穩定，作者有多無能。如此軟體，還敢自稱電腦管理大師，可見有多狂妄。

王松很不服氣，打電話給陳明睿、趙豔豪和傅曉斌三人，讓三人馬上去公司，才放下電話，商深的電話就打了進來。

原以為商深至少要三天後才能修復軟體，沒想才過一天就傳來問題解決的好消息，王松又驚又喜：「商總，你也太厲害了，不過新軟體來得正好，現在正是上傳的最佳時機。」

有商深這樣敬業的老總，身為下屬，沒有任何理由懈怠和偷懶。

「我要去公司一趟。」商深來到客廳，發現崔涵薇和藍襪還在熱烈的討論，「你們去不去？」

「去，一起去，路上說。」崔涵薇抓住手機，風風火火地下樓而去。

一行人坐著商深的吉普，直奔公司而去。

「我和藍襪商量好了，決定投資五十萬，先上幾臺最新的伺服器，同時請人編寫網站程式，最多一個月的時間，一二三網站正式推出。」崔涵薇恢復了幹練的神情，她坐在副駕駛座，一攏頭髮，目光中流露出堅毅之色。

「五十萬如果不夠的話，我可以再追加五十萬的投資。」藍襪在後座也表態了。

「五十萬……暫時夠了。最大的經費投入就是伺服器，另外還需要再招聘幾個網站維護人員，編寫網站程式的事，就交給我和陳明睿、傅曉斌吧。」商深決定親自上陣。

「我親自上陣，可以將原始程式碼掌握在手中。原始程式碼就是核心，是關鍵，以防以後出現不測。」

「能有什麼不測？」藍襪不解地問。

商深的想法並不是杞人憂天，在互聯網越來越如火如荼的時代，曾經發生過數次技術員為了報復公司而破壞原始程式碼的惡劣事件，甚至還洩漏使用者個資，為公司帶來致命性打擊，不但股票大跌，名譽也受損。儘管後來修復了資料，但對公司造成的傷害在短時間內無法彌補，市值也很久都無法恢復。

商深笑了笑：「以防萬一嘛，核心技術還是掌握在自己手中比較保險，就好比公司一定要自己控股一樣。」

「我明白了。」藍襪意味深長地看了商深一眼，她坐在後座靠中間的位置，正好可以從後視鏡中看到商深的眼睛。

商深和藍襪交流了一下眼神，注意到藍襪眼神中閃爍的光彩，他避開了。藍襪眼中閃過一抹失望之色。

到了公司樓下，商深和崔涵薇、藍襪一起上樓，才走幾步，手機叮咚一聲，有一條簡訊進來。他看了一眼，是范衛衛。

「商深，我一直在等你的消息，不要讓我失望。」

范衛衛步步緊逼，她是真的改變了主意還是另有所圖？商深不願意去惡意猜測范衛衛的動機，卻總覺得哪裡不對，因為范衛衛表現得太積極了。以他對范衛衛的瞭解，范衛衛是個驕傲的女孩，她不會向任何人主動示好，包括他。

聯想到范衛衛之前對他的圍堵，商深更加感覺到一股陰謀氣息，范衛衛的舉動怕是暗含了商業佈局的心機，並不單純。

「誰啊？」

平常崔涵薇不太過問商深的事，她知道管得過多反而會讓男人反感，但今天她有點敏感。

「范衛衛。」商深沒有隱瞞，「她一直想約我談談，我還沒有決定是不是見她。」

「見啊，當然要見。」崔涵薇一聽是范衛衛，反倒放心了，「為什麼不見？她約你，肯定有重要的事情要談。」

商深見崔涵薇一副唯恐天下不亂的表情，樂了，說：「行，我回她晚上見。不過我決定不一個人去，帶上徐一莫。」

「為什麼要帶徐一莫不帶我？」藍襪淡淡地問，語氣平靜如水。

見藍襪恢復淡漠如風的狀態，商深暗中舒了一口氣，他習慣了藍襪猶如行雲流水的存在，不太適應她的改變。

「因為徐一莫更適合在關鍵時刻搗亂。」商深哈哈一笑，「她是個天生的攪局者，萬一我和范衛衛談不下去了，或是談僵了，她可以及時出面化解尷尬，畢竟我和范衛衛有過不堪回首的過去。」

「不堪回首？怎麼個不堪回首，說來聽聽。」崔涵薇來了興趣，笑眯眯地拷問商深。

「沒有，隨口一說罷了，我和范衛衛的過去，透明得就和現在的天空一樣，明淨、高遠，一望無際。」商深打了個哈哈。

公司到了。王松等人已經先一步來了。

商深將修復後的電腦管理大師軟體交給陳明睿，讓陳明睿再測試一次，確認無誤後立刻上傳，然後召開了一個臨時會議。

商深將發言的機會交給藍襪。在藍襪條理分明的敘說中，王松張大了嘴巴，藍襪一說完，他當即站了起來，一臉驚喜交加的神情：

「藍董，你的創意簡直就是天外飛仙，不，天馬行空，也不對，是神來之筆，絕對可以一炮打響。」

「真有這麼好？」藍襪笑道，「我是想起了飯店的菜單受到啟發的。」

「簡直就是奇思妙想。」王松轉向商深，「商總，我建議立刻落實藍董的創意，晚一步就有可能被別人搶先，現在是爭分奪秒的時代。」

「就算我們第一個推出，後面的模仿者也會層出不窮。所以，一方面要儘快推出一二三網站，另一方面，一定要做到盡善盡美，頁面務必要美觀大方，就算做不到讓用戶一眼就喜歡上，至少也要讓他們覺得不討厭。王哥，你明天就去招聘幾個美工和技術人員。另外，上傳電腦管理大師後，立刻著手進行一二三網站的規劃階段。」商深吩咐。

「好。」王松被激發了幹勁，重重地點點頭，轉身出去了。

商深、崔涵薇和藍襪三人都沒閒著，商深打開電腦，開始構建網站的框架，崔涵薇打電話招聘員工，藍襪在中關村開店多年，有電子產品的進貨管道，要了五臺目前配置最高的伺服器。三人各行其事，不多時就完成了第一階段的佈局。

中午，眾人一起吃飯，下午又開了一個會，繼續在公司加班。三點左右，陳明睿幾人測試無誤後，重新上傳到網站。才上傳不到十分鐘，就傳來回饋的訊息，下面多了幾條評論。

「太棒了，現在電腦管理大師又可以重新卸載中文上網外掛程式了，牛！」

「完美卸載，徹底清除，不留痕跡，電腦又清爽了，中文上網外掛程式滾蛋！」

「我就知道電腦管理大師肯定會絕地反擊，商大俠只要出手，幹掉葉十三的中文上網外掛程式只是幾分鐘的事。」

「支持商大俠，商大俠是人民的救星。」

「你們是商深請來的吧？一個個吹捧外加拍馬屁，要有多噁心就有多噁心！一個破軟體也被你們吹上了天，等著，葉大俠不出兩天就能反手一擊，再次重創電腦管理大師。」

「我支持葉大俠的中文上網外掛程式！人家免費提供你中文上網，你們還說三道四，不就是在你們電腦上安裝了一個外掛程式，又不是病毒，又不會竊取你們的電腦資料，幹嘛非要卸載了才行？哪個外掛程式不會隨機啟動、不進駐記憶體？真是小題大做，無聊透頂！有本事別用，自己用英文上網去！真矯情！」

「說得對，又要免費，又要系統乾淨，你們也太貪心了吧？別人無償為你們提供了上網的通道，你們卻還埋怨這嫌棄那的，真是得了便宜又賣乖！有種別用啊！」

商深搖頭，這些水軍的語氣明顯帶有強烈的個人色彩，分明是葉十三的人馬。不過相比之前，水軍的勢頭減弱了許多，畢竟和水軍的顛倒黑白相比，紅口白牙再厲害，也不如拿出真正有用的東西才更有說服力。

電腦管理大師下架的時間不到廿四小時重新上架後，由於特別注明修復了相關ＢＵＧ，下載量激增。短短一個小時內，下載量就突破一萬大關。

要知道現在上網的網民才一百多萬，相當於百分之一的網民在第一時間就下載了新版的電腦管理大師，根據七天周期的下載規律推斷，至少有七十萬網民的電腦安裝了電腦管理大師。換句話說，市占率高達百分之七十以上，而且只會多不會少。對一款管理輔助類軟體來說，已經是非常驚人的成績了！

隨著佳評的增多，商深終於舒了一口氣，總算過了一關，他感覺睏意襲來，就俯身到桌子上想打個盹，不知不覺就睡著了。

不知道睡了多久，他被急促的電話鈴聲吵醒了。

商深驚醒，抬頭一看，已經暮色四合了，放眼周圍竟然空無一人，別說王松等人不在，就連崔涵薇、藍襪不知何時也離開了。

怎麼回事？怎麼也不叫醒他就都走了？商深納悶不已，一看來電是葉十三，猶豫一下，接聽了電話。

「商深，你是要不死不休了？」葉十三上來就是氣勢洶洶的質問，「你一而再再而三的挑釁，是不是真的以為我不敢拿你怎麼樣？我告訴你商深，惹急了我，小心我殺了你！」

商深愣住了，葉十三的威脅，是他從未見過的氣急敗壞，印象中，葉十三一直是一切盡在掌握的自信從容，即使是面對大考發揮失利，沒有考上北京的大學時，他依然保持了應有的風度。難道，他的反擊讓葉十三無計可施了？

不，葉十三還有足夠多的機會再反手還擊，商業上的較量，本來就是你來我往，彼此都使出渾身招數，比拚的是智力不是武力，難道非要惱羞成怒動粗不成？

「殺了我？葉十三，你現在越來越不堪了，怎麼連這種低級無能的話都說得出來？對不起，我還有事情要做，沒時間陪你扯淡了。」

商深冷笑，覺得和葉十三再爭論下去沒有什麼意義，就掛斷了電話。

剛掛斷電話，門鈴響了，商深沒有多想，以為是崔涵薇和藍襪回來了，便起身去開門。

門一開，頓時驚呆了，葉十三站在門口，手持菜刀，氣勢洶洶，殺氣騰騰，雙眼圓睜，分外眼紅。

「葉十三，你……」商深注意到葉十三手中的菜刀，下意識後退一步，「你要幹什麼？葉十三，你不要亂來！」

「亂來？不亂來我就不是葉十三了！」

葉十三向前一步，舉起手中的菜刀，「商深，你堵死了我所有的路，我也要讓你無路可走！我們同歸於盡！」

說話間，葉十三手中的菜刀散發著森森寒光，一刀就準備朝商深的頭上斬落。

商深再鎮靜，面對生死時刻，也不免驚慌害怕，本能地朝後一退，一閃，躲過了葉十三的致命一擊。

「葉十三，你冷靜一下，不要胡來！」

商深一邊躲閃，一邊目光一掃，發現廚房門口有把掃帚，趕緊拿在手中當作武器。

「現在你收手還來得及，不要一時衝動釀成無法收拾的大禍。」

葉十三目露凶光，已經失控：「我就想殺了你！不殺你，難解我心頭之恨。商深，你是男人的話就不要跑，讓我一刀砍了你，我保證殺了你之後，不會動崔涵薇和藍襪一根手指。否則的話，我要讓她們也生不如死。」

「你敢！」商深怒喝道。

他個人的安危沒有什麼，但他絕對不允許葉十三傷害崔涵薇和藍襪半分，崔涵薇和藍襪是無辜的，他和葉十三的個人恩怨不能連累了崔涵薇和藍襪。

「葉十三，如果你還有一點良心，你就不要傷害崔涵薇和藍襪。」

「良心？你還有臉問我，你有良心嗎？」

葉十三獰笑一聲，揚手又是一刀砍下，商深伸出掃帚一擋，掃帚被砍為兩半，葉十三又向前逼近一步。

「商深，你如果還是個男人，就不要反抗，讓我一刀砍死你。」

任何一個正常的人都不會束手就擒，何況是面臨生死的威脅？商深扔掉手中的掃帚，拿過一把椅子當成武器和葉十三對峙：「葉十三，放下屠刀，回頭是岸。」

「沒有岸可以回頭了。」

葉十三悲愴地仰天長嘆一聲，回身伸手從背後拽出來兩個人，一個是崔涵薇，一個是范衛衛，崔涵薇和范衛衛都被綁得結結實實，二人滿眼淚水，一臉驚恐。

「我給你一個選擇，如果我非要殺一個人的話，我是該殺了崔涵薇還是范衛衛？或者你犧牲自己，讓我殺了你，我就放過她們。」

商深嚇一跳，不明白剛剛明明沒人，怎麼一下多出兩個人質，再者，剛才葉十三分明說的是崔涵薇和藍襪，為什麼抓的人卻是崔涵薇和范衛衛？

「商深，救救我。」范衛衛哭著喊道：「你忍心看著我被葉十三一刀砍死嗎？你忘了當初我對你的愛是多麼真心？商深，你已經辜負了我一次，如果你這次不救我，我永遠不會原諒你。」

崔涵薇緊抿嘴唇，一臉堅毅：「商深，還是殺我吧，我死了，你不但可以活下來，而且你還可以和范衛衛重歸於好，對你對她來說，都是最好的結果。」

「對，對，崔涵薇說得對，她死了，皆大歡喜，我們都不用死了，而且我們還可以白頭到老。」范衛衛忙不迭地連連點頭。

葉十三一陣冷笑，將刀架在崔涵薇的脖子上：「商深，你到底選擇誰？快說，你只有一分鐘時間。」

商深扔掉了手中的椅子，長嘆一聲：「我還能怎麼選擇？葉十三，你還是殺了我吧。」

葉十三哈哈一笑：「商深，你真傻，居然憐香惜玉到了連命都不要的地步。命都沒有了，一切都成空啦，你再憐香惜玉也沒用了！」

一邊說，葉十三一邊走到商深面前，舉起手中的菜刀：「既然你寧可自己死，也不願意傷害崔涵薇和范衛衛，那好，我成全你。」

「等一下。」商深眨了眨眼睛，忽然道：「如果我選擇了一個，你是不是一定會殺了她，然後放過另外兩個人？」

「一定會，我葉十三說話算話。」葉十三語氣堅定地說。

「好，我決定了，選擇崔涵薇，你殺她吧。」商深朝崔涵薇使了個眼色。

「決定了？不反悔？」

「決定了，不反悔！」

「好。」葉十三二話不說，回到崔涵薇身前，揚手一刀就要朝崔涵薇砍下。崔涵薇緊閉雙眼，眼中湧出淚水。

第三章

猜不透的人心

對於下一步和葉十三的交手，商深已經做好了充足的心理準備，
哪怕葉十三重寫一個外掛程式，他相信自己也可以再次破解。
世界上沒有查不到的病毒，同理，也沒有破解不了的代碼。
不過，卻有猜不透的人心。

刀最終沒有落下，而是懸在崔涵薇頭頂上方，葉十三的手在不停地顫抖，幾次想要落下，卻還是下不了最後的決心。

僵持了幾分鐘後，葉十三再也支撐不住了，手中的菜刀愴然落地，雙手捂著臉蹲到地上，痛哭失聲：「商深，你贏了。」

「我沒贏，是你輸了而已。」商深撿起菜刀，給崔涵薇和范衛衛鬆了綁，「是你雜念太多，所以你總是在不停地否定自己。葉十三，我的電腦管理大師對事不對人，你卻總以為我是故意針對你。還有甜甜和涵薇都是，她們從來沒有喜歡過你，也不是你的女朋友，你卻因為她們喜歡我就固執地認為是我搶了你的女朋友，根本就是在無理取鬧！」

「不是，就是你搶了我的女朋友，搶了我的生意，現在又想要搶走我的一切，商深，我和你沒完。」葉十三突然一躍而起，從商深的手中奪過菜刀，一刀砍在商深的胳膊上。

「啊！葉十三，住手！」商深感覺胳膊上傳來一陣巨痛，一下驚醒了。

「商深，醒醒！」

商深睜開眼睛，才發現徐一莫正用力搖晃他的胳膊：「葉十三不在，他要是敢來，早就被我打跑了。快醒醒，瞧你嚇成什麼樣子了，一頭大汗。真是的，你怎麼就這麼怕葉十三？」

商深恢復了意識，放眼望去，辦公室空無一人，四下漆黑一片，只有他的辦公室亮如白晝。

「我睡了多久？」

商深看看手錶，已經晚上七點多了，夏天的緣故，窗外還沒有黑天，不過明顯是黃昏的樣子。

「誰知道你睡了多久。」徐一莫拿過毛巾替商深擦了擦臉，埋怨道，「薇薇和藍襪也真是的，就讓你在桌子上睡，也不叫醒你，辦公室又不是沒有沙發和床。」

「她們幹什麼去了？」商深揉了揉發脹的胳膊和酸痛的脖子，站起來喝了口水，感覺好了許多，回想起剛才的夢境，心中悵然若失。

他之所以選擇崔涵薇，是因為賭葉十三深愛崔涵薇，不捨得向崔涵薇下手，其實在內心深處何嘗沒有利用崔涵薇之意？不過如果真的讓他為崔涵薇和范衛衛而死，似乎也很難做到心甘情願，他還有太多的事沒有做，他不想死。

如果夢中的事是真實的情形，崔涵薇會不會因為他的選擇而對他心生芥蒂？肯定會，誰都不會對一個選擇讓自己死的人心存好感，尤其是他還是她深愛的人。

「她們去忙了。」徐一莫說：「一個是去見應聘的員工，一個去瞭解伺服器，反正都走得很匆忙，也沒空照顧你，就讓我來當消防員了。還有，王松走的時候讓我轉告你，說是電腦管理大師重新上線後，一切正常，沒有什麼反常的地方，讓你放心。他還說，新網站他會在兩天之內拿出方案。最後說讓你多注意休息。」

「嗯。」商深點點頭，一切都在有條不紊地進行中，他一顆心放進肚子裡，拿起水杯要再喝口水時，手機響了。

是范衛衛來電。

「商深，我在拐角遇到愛訂好了雅間，你什麼時候過來？」范衛衛根本不給商深選擇來或不來的機會，只給他決定什麼時候來的權利。

「半個小時。」

既然一切都安排妥當，見見范衛衛也無妨，而且商深猜到崔涵薇和藍襪各自去忙的背後的用意，就是希望他和范衛衛見上一面，有什麼事情當面說清楚，也好過一直藕斷絲連，牽扯不清。

「我會帶一個朋友過去。」

「可以，正好我也有一個朋友要介紹你認識一下。」范衛衛的聲音帶著歡愉。

「和我一起去會會范衛衛。」商深拿起車鑰匙，「走，拐角遇到愛。」

「我就知道我是你的電燈泡兼搗亂工具。」徐一莫哼了聲，不過還是順從地跟隨商深下樓，「要我說，別再理范衛衛才是正經，范衛衛現在變了好多，讓人都不認識她了。我想，或許范衛衛本質上就是一個很高傲、不肯承認和面對失敗的公主，只不過和你認識時，她刻意掩蓋了自己的缺點罷了。」

徐一莫的話不無道理，商深卻沒有接話，沉默地下樓，發動汽車。剛才的夢讓他不禁思索起關於他和葉十三、崔涵薇以及范衛衛之間的複雜關係到底該怎麼處理。

「我來開吧。」徐一莫見商深心事重重，把商深推下駕駛座，主動擔任司機，「你休息一下，別把自己弄得太累了。」

「好。」商深坐在副駕駛座，閉上眼睛，想休息片刻，手機又響了。

自從人類發明了手機之後，雖然聯繫方便許多，可以隨時隨地找到你想要找到的人，但久而久之，人卻像是被手機綁架了，總是擔心丟掉手機而失去了和整個世界的聯繫，還會不時查看手機上有沒有遺漏的訊息。

以後等手機的功能越來越多時，幾乎每個人都寸步不離手機，不但上班的時候把玩，甚至走路的時候也滑個不停，稱之為「低頭族」。

對任何事物的過度依賴都是一種病態，表面上是人在使用手機，實際上卻是手機統治了人。

商深拿起手機一看，是葉十三的電話。

想起剛才的夢境，商深沒有遲疑，接聽了電話：「十三，有事？」

「商深，你的動作真快，太讓我佩服了。」葉十三的聲音露出一絲嘲諷之意，「我想不明白，你是怎麼破解了我的加密？」

此時葉十三正司和伊童在一起，在商深重新修正了電腦管理大師並且剛上傳到網上之際，葉十三就第一時間發現了情況。

當時葉十三正和伊童商議公司的下一步規劃，伊童最近接觸了數家風投公司，有一家來自美國的公司對他們很感興趣，提出了兩種合作方式，一是投資五百萬美元，持股百分之四十，二是一千五百萬美元全權收購。

葉十三沒動心，伊童卻心動了。和商深的大戰讓她意識到互聯網浪潮初期，創業公司有太多的不確定性，表面上，中文上網網站的前景一片光明，事實上，一有風吹草動就有可能動搖中文上網網站目前的成績，甚至會讓前面的所有努力付之東流。

一敗塗地不是沒有可能，而是大有可能。商深一出手，就對中文上網網站帶來了前所未有的重創。現在才是第一個回合，如果再繼續大戰下去，鹿死誰手還不一定；萬一是商深獲勝了，中文上網網站從此一蹶不振，到時別說有人肯出一千五百萬美元收購了，怕是白送都沒有人要。

但葉十三卻反對現在出售，他的理由很充分也很簡單，他有足夠的信心打敗商深，讓中文上網網站上升到一個前所未有的高度，從而賣出更好的價格。

葉十三對伊童說出了他的心理預期：「一億美元。」一億美元的高價讓伊童怦然心動，伊家經過伊重幾十年不懈的努力，付出了幾乎一生的心血，迄今為止才有不到三億美元的市值。如果她的眾合公司在只有十幾個員工的前提下，一年後就擁有一億美元的價值，不但會讓爸爸震驚得無以復加，也會讓所有認識她的人都大吃一驚，然後對她刮目相看。

她要讓別人知道，她不僅僅是個另類叛逆的女孩，也是一個可以做成大事的女孩。

好吧，伊童妥協了。

葉十三拿商深來說服伊童：「我們不僅僅要在事業上成功，還要打敗商深和崔涵薇。如果現在賣掉公司，雖然賺了錢，卻等於是避讓商深的鋒芒，主動認輸了。我不想輸給商深，難道你想輸給崔涵薇？難道你認為我們會輸給崔涵薇？為什麼不是我們早晚會打敗商深，讓商深和崔涵薇的公司一敗塗地呢？想一下，也許有一天商深和崔涵薇無路可走了，我們收購了他們的公司然後再出售的話，就不只是一億美元了，兩億美元都有可能。」

伊童的眼睛亮了，是呀，沒有什麼比收購對手的公司更讓人興奮的事了。一想到有一天崔涵薇會臣服在她的腳下，將辛苦創立的公司拱手送上，她就充滿了嚮往和滿足。

好，就這麼決定了，先不出售，繼續和商深、崔涵薇較量到底。

「不過……十三，你覺得你能打過商深嗎？你的中文上網外掛程式什麼時候會被商深再次破解？」伊童隱隱擔心商深的反擊會來得很快。

「道高一尺魔高一丈，不要忘了，我先出招，商深才能接招，他永遠會比我慢上一步。」葉十三信心十足，「商深想要破解我的加密，最快也要一周，慢的話，十天半個月都有可能。」

「真的？」伊童漫不經心地問了句，忽然驚叫起來，「哎呀，你看看電腦管理大師又重新可以下載了，是不是已經修復了？」

「不可能！」葉十三才不相信商深會這麼快就破解他的密碼，因為他對他的加密很有信心。打開電腦一看，果然電腦管理大師又重新上傳了。

他的心咯登一下，忙下載了最新版的電腦管理大師。然後迅速打開清理惡意外掛程式選項，點下掃描選項，片刻後螢幕跳出提示：「發現惡意外掛程式中文上網，是否清除？」

葉十三毫不猶豫點擊了清除。比上次所用的時間更短，十秒後，電腦管理大師就顯示清除完畢，問是否要重新啟動。

重新啟動之後，葉十三屏住呼吸，然後測試了一下，果然外掛程式被清理掉了。他不甘心，又打開軟體目錄和註冊表，發現全部被清得乾乾淨淨！

怎麼會？怎麼可能？葉十三不敢相信自己的眼睛，商深太厲害了吧，只短短一個晚上就破解了他的加密，商深是人不是神，他到底怎麼辦到的？

「怎麼樣？」伊童從葉十三受挫的表情中猜到了什麼，不相信地問：

「真的修復了？」

葉十三無力地點點頭：「商深太可怕了，這麼快就破解了我的加密，不應該，不應該啊。怎麼會這麼快呢？不對，一定是哪裡不對？難道是我太疏忽了，加密做得不夠嚴謹?!」

「那現在該怎麼辦？」

伊童再次流覽網頁，發現下頭的留言都是一片稱讚，說比以前的速度快多了，這些正面評論，形成了一股針對中文上網外掛程式批判的潮流，大多數用戶都站在商深的一方，對中文上網外掛程式口誅筆伐，聲勢浩大，儼然就如一場轟轟烈烈的運動。

只看了十幾條評論，伊童就再也看不下去了，只覺得氣血上湧，天旋地轉，險些昏倒過去。

「太過分，太氣人了。」伊童頹然坐在椅子上，「十三，我決定了，說什麼也不能賣了公司，我要和商深、崔涵薇較量到底，永不言敗，永不放棄！」

葉十三唯恐伊童會遭受不了打擊再次洩氣，沒想到，商深迅速的反擊反倒激發了伊童的爭強好勝之心，他心中大定，激動澎湃的心情稍微平息了幾分。

「說得是，伊董，就應該和商深周旋到底，說什麼也不能輸給他和崔涵薇，對吧？雖然商深的反擊比預想中快了不少，但其中也有投機取巧的因素，等我再改寫代碼，重新加密，不信商深下次還能這麼快破解。」

伊童聽出葉十三的言外之意，愣道：「什麼意思？難道是你的加密不夠複雜，讓商深一猜就中？」

葉十三不好意思地笑道：「我一時偷懶，用我的生日和崔涵薇生日的組合……」

「啪！」話未說完，崔涵薇已然勃然大怒，將手中的筆記本重重一摔，「葉十三，我鄭重地警告你，以後不要再對崔涵薇有任何不切實際的想法，如果你控制不住自己的感情，就請你離開公司。」

伊童的話絲毫不留情面，猶如一記耳光直接打在葉十三的臉上。葉十三雖然早已習慣伊童的頤指氣使，但如此嚴厲沒有餘地的警告還是第一次。

他愣住了，片刻後才艱難地開口道：「伊童，我們只是合作關係，我個人的感情私事，你無權干涉。」

「我就是有權干涉，你怎麼樣?!」伊童賭氣似地來到葉十三面前，居高臨下地看著葉十三，「我是一個很霸道的人，我要求我的人對我絕對忠心，不只是事業上的忠心，還包括感情上的。」

葉十三心想，算了吧，你明知畢京對你三心二意，還和畢京在一起，不就是因為畢京對你不冷不熱，刺激了你的征服欲嗎？如果我有一家配件廠，我才不會受你的窩囊氣！要不是因為和你合作對我有利，我會遷就你?!何況遷就你不等於事事要忍讓你，也不等於連感情都被你收購了。

葉十三站了起來，他忍耐伊童很久了，想說幾句狠話，好讓伊童知道他的原則和立場，不料還沒開口，伊童卻猛然向前一撲，瞬間撲到他的懷中。

不，準確地講，是伸開雙手將他抱在懷中。

伊童目光如水，柔情萬般地說：「十三，我喜歡你……」

葉十三不知道該說什麼，身子後退一步，靠在牆上，伊童的嘴唇順勢壓了上來，將他的嘴堵了個嚴嚴實實。

「唔……」

葉十三想說什麼，卻被伊童靈活的舌頭撬開了牙齒，他感受到伊童的火熱和攻擊，原本因抗拒而緊繃的身子軟了下來，終於放鬆了所有的防線。

以葉十三的性格，他是一個很挑剔的人，輕易不會喜歡上一個女孩，更不喜歡被女生強吻。他喜歡掌控一切、掌握主動，換了別人，如果這樣強吻他，就算對方貌若天仙但不是他喜歡的類型，他也會毫不客氣地推開對方。

和杜子清談了一年多的戀愛，他只拉過杜子清的手，從沒有吻過她。當杜子清表現出強烈渴望被他親吻的欲望時，他卻沒有絲毫動心，更沒有付諸行動。杜子清越是主動，他越是升騰起一股厭煩的心理。

但現在，他第一次被一個女孩強吻，在伊童的嘴唇接觸他的嘴唇的那一刻，他卻很快就被伊童的激情點燃了。

在葉十三的眼中，伊童一向被歸於壞女孩一類，新潮另類的打扮以及玩世不恭的態度，加上她喜歡畢京的審美觀，讓他認為伊童除了叛逆和故意顯示與眾不同之外，一無是處。

俗話說，好女怕纏郎，反過來也一樣，十分挑剔並且有心理潔癖的葉十三，如果在正常情況下，是絕對不會選擇伊童作為女朋友的，因為在他眼中，伊童不知道和多少男人交往過，早就不再純潔，不純潔的女孩他不要，他不喜歡二手貨。

但有時原則和底線就是用來被突破的，當伊童撲入他的懷中，並且主動送上香唇後，他被伊童的熱情和強烈的攻擊主動融化了，只感覺渾身的力氣都消失了一樣，想要推開伊童，卻抬不起胳膊。

伊童感覺到葉十三欲拒還迎的心理，更加強了攻勢，將葉十三逼到牆上，讓葉十三無路可退，整個身子緊緊貼在葉十三的身上，牢牢地將葉十三抱在懷中。

葉十三感受到伊童身體的滾燙以及她釋放的激情，作為一個正值血氣方剛階段的小夥子，他的慾望被點燃了，反手緊緊抱住伊童，然後彎腰將伊童抱起，將她橫放在沙發上。

「你想怎麼樣？」葉十三壓在伊童身上，雙眼迷離。

「你想怎麼樣就怎麼樣。」伊童咬著嘴唇，媚眼橫飛，「但有一點，你以後只能是我的人，不能再和別人有半點瓜葛。」

一句話就如一盆冷水從天而降，將葉十三澆了個渾身冰涼，如果現在伊童主動獻身，兩人發生關係的話，是不是就意味著他一定得娶她？

在荷爾蒙的刺激下，他拒絕不了伊童的引誘。但如果伊童以此為條件讓他娶她，他接受不了。他還沒有做好和伊童戀愛並且結婚的心理準備。

男人就是這樣，性和愛可以分開；女人則不同，女人認為只要有了性，就有了天長地久的愛。

「怎麼了？」感受到葉十三的激情如潮水般退去，伊童也恢復了理智，瞇著眼問：「想和我上床又不想負責，是吧？」

「也不是。」葉十三站起來，整理了下衣服，冷靜地說：「我覺得我們之間的感情還沒有發展到這種地步；還有，你和畢京還沒有分手，我們這樣太對不起他了。」

「不要管他，我和他原本就沒有感情，你又不是不知道。我只問你，如果我和你談戀愛，你能不能忘了崔涵薇？」

伊童想一舉拿下葉十三，不但要讓葉十三對她言聽計從，還要讓葉十三對她忠心耿耿。

「……」

葉十三沉默了，他不想欺騙自己，更不想欺騙伊童。

「我現在還做不到，也許以後會，但誰知道以後的事呢？伊童，你別逼我好不好，給我一點時間。」

「好，我給你時間。」伊童有足夠的信心收服葉十三，微微一笑，又抱住了葉十三，將頭埋在他的懷中，「一開始是你的帥氣吸引了我，後來我發現，你沉穩、從容，又有大將之風，比許多世家子弟都強，我就更喜歡你了。我相信你以後一定可以成就一番了不起的事業，當然，前提是在我的領導下。崔涵薇能給你的，我全部都能給你；她不能給的，我也能給。相信我，你跟我在一起，會是你一生中做出的最正確的選擇。」

葉十三沒有說話，將伊童抱在懷中。

平心而論，他是有幾分喜歡伊童，但他不喜歡伊童的強勢，以及事事都要以她為中心的大女人傾向。如果伊童不改變這種態度，他永遠不會愛上她，更不會娶她。但是現在……他需要借助她的財力、她的管道來成就事業！

門突然被人推開了，畢京不請自來，現身在葉十三和伊童面前。

畢京是來公司拿忘了帶走的一枝鋼筆，他見大門沒有鎖，就直接推門進來了，沒想到卻意外撞見葉十三和伊童抱在一起。

畢京有幾分尷尬，咳嗽一聲：「應該鎖門的，不鎖門多不安全。」

葉十三也是一臉窘態，畢竟畢京和伊童還是名義上的男女朋友，他勉強笑了笑，解釋道：「畢京，你別誤會……」

「畢京，你剛才也看到了，沒錯，我和十三在一起了，我現在正式通知你，我和你分手了。」伊童卻毫無尷尬之意，相反，一臉淡然，直接向畢京下達了通知。

「哦，好，好的。」畢京點點頭，沒有什麼反應，彷彿伊童是在和別人分手一樣，他來到桌子前，拿起鋼筆，揚了揚，「我只是來拿筆，晚上我和范衛衛有約，想了想，送她別的禮物都太俗氣了，不如送她一枝萬寶龍鋼筆最適合。」

萬寶龍鋼筆是由德國一家精品製造商所生產，以白色六角星為其特有的商標，象徵白朗峰上的積雪。是商務人士十分熱愛的隨身配備。難得畢京的品味可以超越「派克」了。

送走畢京，葉十三和伊童相視一笑。伊童的笑容得意而開心，葉十三的笑容卻有三分無奈七分不甘。

「畢京去和范衛衛見面，是談正事還是約會？」伊童回到正題，她和葉十三關係的突破讓她心中多了期待和甜蜜，「如果他和范衛衛成了好事，不但可以讓商深面上無光，還可以讓范衛衛為我們所用，一舉兩得。」

葉十三卻心中隱有愧疚和不安，畢竟他和畢京是關係非常要好的哥們，在畢京還沒有和伊童正式分手之前，他卻和最好朋友的女朋友大搞曖昧，讓他的良心十分不安。

哪怕畢京壓根就不喜歡伊童，和伊童沒有半點感情，但還是不符合他的原則，他心裡感覺很難受。

「范衛衛不會為我們所用的，還有，我認為范衛衛根本就是在利用畢京，她才不會喜歡上畢京。」葉十三不願意多提畢京和范衛衛，轉移了話題，「我研究一下商深的思路，要儘快還擊才行，否則我們真有可能被商深打敗了。對了，你查一下資料，看看最近流量有沒有明顯下降。」

「好。」伊童也是個拿得起放得下的女孩，她收起心思，將注意力放到工作上。

查看了一會兒資料，有了結論：「雖然有些波動，但波動不是很大，沒有明顯下降的跡象，相反，還有增長。對了，我明白了，應該是我們和商深的交戰間接促進了網站的人氣，讓許多不知道我們網站的用戶開始關注我們網站。這是好事呀，十三，趕緊反擊商深，將戰爭範圍擴大化，關注的人越多，我們網站的知名度就越大。商深向我們宣戰，等於是變相為我們宣傳。」

「嗯，這個想法不錯。」葉十三受到了啟發，豁然開朗，哈哈一笑，「伊童，你現在就發佈一個公告，說是網站遭到惡意攻擊，以及中文上網外掛程式被當成惡意外掛程式是不公平的對待，中文上網網站一直致力於維護用戶的使用習慣，尊重用戶的選擇，以後，中文上網網站會繼續本著一切為用戶利益為先的出發點服務所有使用者。相信在不久的將來，中文上網網站會成為廣大用戶的首頁網站，中文上網外掛程式也會根據使用者的意見進行改進，力求不影響每個人的使用。如果對中文上網網站和中文上網外掛程式有什麼建議和想法，歡迎來信……」

伊童連連點頭：「真是一番情真意切的公告，十三，你也很有商業頭腦嘛，這張感情牌打得很及時也很巧妙，我忽然開始佩服你了。」

「你佩服我的機會還多著呢。」葉十三自信地說，然後埋頭到代碼之中。過了一會兒，他忽然想起了什麼，覺得有必要和商深交流一下，就拿起電話打給商深。

葉十三也沒有繞彎，開口就單刀直入，想知道商深是怎麼破解了他的加密，出乎他意料的是，商深的回答讓他十分難堪。

「實話實說，不是我破解的，而是我的一個員工。他用了幾小時就破解了，如果是我，也許要用三五天才行。」商深又說，「你現在已經開始著手下一步反擊了？」

什麼？本來剛剛因為和伊童達成一致的好心情，因為商深的這句話又沉到了谷底，葉十三憤怒地說：「不是你破解了我的加密，是你的員工？怎麼可能？」

「怎麼不可能？」

商深沒想到葉十三的反應會如此強烈，微一思索就明白葉十三太驕傲了，如果是他破解了他的加密，他可以接受，偏偏是他的員工，葉十三感覺受到了羞辱，但問題是，他根本就沒有想要羞辱葉十三的想法。

「好吧，我不和你爭論是誰破解的問題了……」葉十三胸口憋悶，覺得難以呼吸，商深太虛偽了，明明是他破解的，非要推到員工身上，意思是他的一個員工就可以幹掉他精心設計的陷阱，好像他很無能一樣。

「我們說說接下來怎麼繼續較量的問題。」

商深不是葉十三，猜不到葉十三的心思，卻也知道葉十三肯定心裡不舒服，但不舒服也沒有辦法，人只能自己調節自己的心情。

「兵來將擋水來土掩。」

「意思是，如果我出了反制的外掛程式，你會繼續再還擊回來？」葉十三呵呵一笑，「信不信我有可能重新推出一個全新的外掛程式，除非你重新改寫電腦管理大師，否則無法卸載我的外掛程式。」

「隨便。」商深淡淡回應了葉十三，重寫代碼的工程太大是一方面，另一方面，也可能會有BUG或是更大的漏洞，葉十三除非想打掉重來，否則絕不會冒著失去用戶的風險重寫代碼。

「除非你不強制用戶安裝外掛程式，並且允許用戶自行卸載，否則，不管你重寫多少遍，總會有人出面維護秩序。」

「你是說還會有更多的正義俠出現？哈哈，你認為的正義就真的是正義嗎？笑話。」葉十三哈哈大笑，笑聲中滿是悲壯和蒼涼，「商深，我們從小一起長大，曾經是多麼好的夥伴，為什麼會搞成今天的局面？到底是怪我還是怪你？」

「我不想和你討論這些沒用的話題。」商深見時間不早了，不想再和葉十三說個沒完，前面的「拐角遇到愛」已經遙遙在望了。

「我只想勸你一句，十三，互聯網的世界充滿了無數種可能，你大可不必非要利用用戶的無知來綁架用戶。這個世界的真理就是，你利用別人的無知，其實是放大了自己的無知，並且最終只會收穫無知。只有尊重用戶，尊重每一個人，才能收穫成功。」

「三天後，我們戰場上見。」葉十三冷冷回道，掛斷了電話。

「別理他，葉十三現在已經走火入魔了。」徐一莫嚼著口香糖，評論道：「你和他講道理，他和你講感情。你和他講感情，他和你講利益。你和他講利益，他又和你講道理了，你們是永遠無法交叉的兩條平行線。」

商深笑了，徐一莫的話很有道理，不簡單，小女孩已經成長為一個成熟的職場麗人了。

對於下一步和葉十三的交手，商深已經做好了充足的心理準備，哪怕葉十三真的全部推倒以前的代碼，重寫一個外掛程式，他相信自己也可以再次破解。世界上沒有查不到的病毒，同理，也沒有破解不了的代碼。

不過話又說回來，卻有猜不透的人心。

「范衛衛找你，到底有什麼重要的事？」徐一莫目光中流露著戲謔之意，「我們可是有言在先，商哥哥，你不許和范衛衛舊夢重圓。」

「怎麼會？你想太多了。」

嘴上這麼說，商深心裡還是莫名多了幾分沉重，范衛衛明顯有想和他復合的想法，雖然他不敢確定她到底有多少真心真意，至少表面上她表現得很迫切，說實話，他對范衛衛不是沒有感情。畢竟是初戀，初戀總是最難忘的，想起在德泉縣的相依相偎，想起一起走過的日子，商深就難免心思浮沉，多了懷念和感慨。

「別騙我，你騙薇薇可以，騙我卻不行，因為你騙不了我。」徐一莫雙眼彎成一條線，嘴角上翹，「你的眼神已經深深地出賣了你，你對范衛衛不但還有感情，而且還有想法。有感情不可怕，可怕的是，你對她還有期待，還渴望和她回到從前，是不是？」

第四章

真正的富人

「商哥哥，你為什麼不露出你的真實身家震住畢京？」

徐一莫不理解商深的做法，

「以你的實力，別說兩百萬，兩千萬都不在話下。」

商深笑道，「范衛衛不是說了嗎，真正的富人是不會顯露的，

何況我還不是真正的富人。」

又被徐一莫說中了，商深雖然已經喜歡上了崔涵薇，但確實如徐一莫所說，他並沒忘記范衛衛。主要也是他和范衛衛的分手是因為誤會而造成的，如果他和范衛衛是沒有了感情而分手，他也就心如止水，不會再有任何想法。

或者從根本上說，商深是想讓范衛衛認為他從來都沒有背叛她，在和她戀愛期間，他並沒有移情別戀。說到底，商深是個很在意自己名譽的人，他不想讓范衛衛一直帶著對他的誤會和仇恨。

「要聽真話還是假話？」商深深吸了口氣，忍不住想和徐一莫談談心事。

在崔涵薇面前，他很難敞開心扉，或許是怕崔涵薇多慮，也或許是覺得和崔涵薇之間有隔閡感，反正不管是出於什麼原因，他和崔涵薇在一起的時候，很難暢所欲言。

商深想到一種可能，也許是因為崔涵薇和他有商業上的合作關係，他和她在一起，總是會想到工作，但是和徐一莫就不同了，徐一莫雖然和他也有工作關係，但她只是他的下屬和助理，而且他和徐一莫沒有感情問題，所以他和她在一起時十分輕鬆隨意，沒有什麼壓力。

「你覺得氣氛合適就說真話，覺得說假話舒服就說假話，隨你囉。」徐一莫呵呵一笑，眼波流轉，帶了幾分風情。

穿著中短裙的徐一莫，開車時，小腿裸露在外，隨著轉換油門和剎車的動作，她的裙擺下垂，露出了膝蓋以上的部分。健美的大腿圓潤、潔白，完美的腿型有一種呼之欲出的性感。

不管是男人還是女人，外在的美感都是第一吸引力，徐一莫渾身上下散發了一種年輕野性的青春氣息，很難讓人不注意。

「好，我說真話。」

商深笑了笑，望向窗外，窗外籠罩著一層夜色，燈光次第亮起，城市開始繁忙一天後的夜未央，下半場燦爛的夜生活即將登場。

「我對范衛衛確實還有感情，但並沒有想和她重歸於好的心思，而是想讓她相信我，在和她戀愛的期間，我並沒有喜歡別人；再者，我見她的目的，也有想和她在商業上合作的想法。」

「明白了。」徐一莫點點頭，正色說：「不過我有一句話要送你，解釋永遠是多餘的，因為相信你的人，你不用解釋；不相信你的人，你再解釋也沒有用。」

商深聽了，像不認識一樣看了徐一莫一眼，什麼時候徐一莫竟成了心理大師，這麼有人生體悟了？

徐一莫沒理會商深的詫異，停好車，也不等商深，自行走入「拐角遇到愛」裡。

裡面開著空調，比外面涼爽多了，徐一莫瞇著眼掃視一圈，沒有發現范衛衛的蹤影，正要開口問個清楚時，小鐺及時出現了。

「一莫妹妹。」小鐺輕拍徐一莫的肩膀，「你來啦，太好了，我想你了。」

可能和徐一莫青春健美的形象有關，也或許和她開朗活潑的性格有關，她比藍襪、衛辛都有人緣，也比崔涵薇更有親和力。

「小鐺，我也想你了。」徐一莫還了小鐺一個大大的擁抱，然後悄聲在她耳邊說道：「你的偶像來了沒？」

徐一莫知道小鐺討厭范衛衛，也聽說了上回小鐺被范衛衛背後下刀的陷害事件，她的「偶像」，意為嘔吐的對象，是指令人非常厭惡的人。

「來了，在樓上的『滿江紅』雅間。」小鐺吐了吐舌頭，「我現在很怕她，這人太陰險了，你不知道她現在對你笑，會不會等會兒在背後給你來上一刀。拐角會遇上愛，有時也會挨刀啊。」

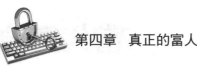

徐一莫被小鐺逗樂了：「不怕，今天我就替你報仇雪恨，好好整她，怎麼樣？」

「太好了。」小鐺開心地說，又悄悄瞥了商深一眼，「一莫妹妹，你別怪我多嘴，商深真的和你很配。你和他在一起肯定會幸福。我見過他和崔涵薇、范衛衛來過拐角遇到愛，他和她們在一起總有不協調的感覺，可是和你一起時，我立刻感覺到很不一樣。」

「別瞎說，我和薇薇是閨蜜，他和薇薇能有今天，我可是紅娘。」徐一莫趕忙澄清道：「我喜歡給別人牽線，至於我自己……以後有緣分再說。」

小鐺聳了聳肩，不置可否地道：「在愛情的世界裡，只有競爭沒有禮讓。對了，告訴你一個秘密，范女王不是一個人，還帶了個人來，是誰我就先不說了，你見了就知道啦，肯定有驚喜。」

商深和徐一莫來到二樓「滿江紅」，推門而進的一刻，三個人都驚呆了。

三個人是指商深、范衛衛和畢京，徐一莫並不知道范衛衛是找畢京作陪，還好事先得到小鐺的提醒，先有了心理準備。

范衛衛吃驚，是因為她沒有想到商深是帶徐一莫來，商深如果是帶崔涵薇來，她反而不會驚訝。

平心而論，她很嫉妒徐一莫，如果是崔涵薇從她身邊搶走了商深，她哪怕輸得不服氣，也多少心理平衡幾分，畢竟崔涵薇不管是相貌還是出身都不比她遜色。但如果商深和徐一莫在一起，為了徐一莫而拋棄她，就讓她無法接受了。

徐一莫除了青春亮麗之外，一無是處，和她比，不管是學歷還是出身都差了太多！

人的心思就是這樣，如果前任是因為一個更優秀的人而離開自己，就算痛苦，還勉強可以接受；但前任是因為一個樣樣不如自己的人而離開，就會覺得是受到了莫大的羞辱！

商深吃驚，則是他萬萬沒想到范衛衛如此迫切地想約他見面，竟是帶著畢京一起出現。范衛衛找畢京作陪，分明有羞辱他的意味，他以為她是真心想和他好好談一談，但見到畢京的一瞬間他就明白了，范衛衛只不過是嘴上說得好聽，骨子裡還是想繼續和他較量罷了。不管是商業上的較量，還是個人恩怨的糾葛。

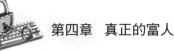

好吧，你想玩，我就繼續陪你玩下去，誰怕誰?!

畢京吃驚也是因為沒想到商深會帶徐一莫來，他以為商深會單槍匹馬一個人赴約，卻沒想商深身邊的女孩居然是徐一莫。

難道商深又移情別戀，和徐一莫在一起了？畢京心中暗暗鄙視商深的為人，真是個徹頭徹尾的花心大蘿蔔，見一個愛一個，垃圾渣男！

只有徐一莫淡定自若，彷彿一切都在意料之中，她一拉商深，坐在范衛衛和畢京的對面，笑道：「衛衛，你和畢京在一起啦？」

范衛衛沒想到徐一莫先發難，臉色一沉：

「我做過承諾，如果畢京贏了商深，就和他在一起。現在看來，畢京獲勝的可能性高達百分之九十以上，我和他在一起名正言順。倒是你，你和商深搞在一起，對得起崔涵薇嗎？」

商深見雙方火藥味濃厚，忙介入進來：「衛衛，你叫我來，不是為了吵架和做無謂的爭論吧？有事說事，我時間有限，不能待太久。」

范衛衛諷刺道：「你有什麼重要的事情要忙？是上百萬的大生意要談，還是忙著去寫你的程式？」

徐一莫立即回嘴還擊：「有些人做幾百萬的生意，累死累活不說，還要租廠房，聘請工人，然後還要推銷產品、催款，累得跟狗一樣。商哥哥就不同了，他寫出一個軟體，就可以創造幾百萬上千萬的市場，請注意，前面說的是人民幣，後面說的是美元。」

畢京臉色大變：「徐一莫，你是在諷刺我嗎？」

「你是誰？我不認識你。」徐一莫斜睨了畢京一眼，「別套交情，我對你沒興趣。我是視覺動物，只喜歡美的事物。」

畢京反倒平靜下來，淡淡說：「徐一莫，嘲笑別人的長相是很沒氣質的表現。」

商深對兩人的唇槍舌劍沒興趣，對范衛衛說：「衛衛，我在等你……」

范衛衛不慌不忙地倒了杯茶：「來，先嘗嘗這杯白毫銀針，味道很純正，喝多了咖啡，偶爾喝喝茶也不錯。」

商深接過范衛衛遞來的茶，一飲而盡，評論道：「茶是好茶，但泡的火候不夠，欠缺了幾分底蘊。底蘊是文化的沉澱，是教養的體現，不是一朝一夕就可以培養出來的。」

「底蘊需要時間的積累，也需要金錢的薰陶，沒有錢，別說有底蘊，連素質都沒有了。」范衛衛反駁道。

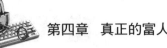

「商深，今天約你來，也請了畢京，是想和你們確認一下，你們約定的一年之期是現在開始兌現，還是再等上半個月時間？」

原來范衛衛是為了這件事？商深想了想，嚴格來說，他和畢京約定的一年之期還差半個月才到期，當然，如果范衛衛非要現在兌現也無妨。

「還沒有到期，為什麼要現在兌現？現在兌現，不是相當於商深和畢京都說話不算話了？」徐一莫搶白道。

「好吧，就再等半個月的時間。」范衛衛輕輕一笑，「反正半個月的時間也改變不了什麼，除非是有奇蹟發生。」

「你的意思是，不管是現在兌現還是半個月後兌現，商深一定會敗給畢京？」徐一莫生氣地說。

「隨便你怎麼想，反正我沒這麼說。」范衛衛笑了笑，「商深，要點些什麼？」

正是晚飯時間，拐角遇到愛雖是咖啡館，也可以點餐。不過以西餐為主，並沒有炒菜。

「隨便要一份套餐就好了。」商深對吃飯很隨意。

徐一莫伸手搶過菜單，低頭看了半天，選了最貴的單品，又點了兩份最好的套餐，「商哥哥，我替你做主了，點了我們最喜歡吃的。范總，不好意思，你們自己點你們愛吃的東西吧。」

范衛衛將菜單交給畢京：「你幫我點就行了。」然後看了商深和徐一莫一眼，貌似漫不經心地說道：

「我接觸過很多人，有時你拿出最新款的手機接打電話時，他會覺得你是有意在他面前炫耀；一個人的眼界和境界決定了他的層次，比如說，有一次我在美國和幾個投資商吃飯，他們穿著很普通，手機也很一般，不是最新款更不是最貴的款式，但他們談論的都是美金幾百萬幾千萬的投資。

「當時旁邊一張桌子上有幾個華人，是大陸人還是港澳臺人士我就不說了，他們聽到我們討論的話題，終於有人忍不住過來了，是一個腦滿腸肥的中年男人，體重至少有一百公斤以上，他露出手腕上黃燦爛的金表，拿出最新款的手機，不可一世地說道：『你們別裝了，一群窮鬼，連好手機好表都沒有，還張口閉口談的是上千萬美元的生意，也不怕風大閃了舌頭？』

「我也是華人，當即羞愧得無地自容，恨不得自己不是黃皮膚黑頭髮的東方面孔。太無知太淺薄太膚淺了，真是沒有見過世面的土鱉。我拿出自己的手機，露出百達斐麗手錶，然後對肥頭大耳說道，有些人喜歡讓別人覺得他有錢，以證明自己高人一等；有些人不喜歡讓別人知道他有錢，因為他想和普通人一樣，低調生活。越是窮人才越喜歡讓別人以為他們有錢，因為一個人越缺什麼就越喜歡炫耀什麼。

「我的一塊百達斐麗可以買肥頭大耳手上的表十幾塊了，我以為他會知難而退，不想他還不知道羞恥，繼續大言不慚地說，一塊百達菲麗算什麼，前幾天股市暴跌，他的公司損失了百分之三十，一千萬美元的市值。我也冷笑，指著其中一個美國投資商說，威廉先生損失了一個手機的財富。肥頭大耳哈哈大笑，要不要這麼搞笑，一個手機也值得一提，要不我送你一部？

「我告訴他，是損失了一個手機號碼長度的財富。肥頭大耳張口結舌，立時一言不發轉身走了。」

范衛衛講完，一攏頭髮，「窮人天真的認為，如果富人請他吃飯，就要點最貴的飯菜，吃窮富人。在窮人的眼界裡，富人是可以吃窮的，是因為他對真正的富人的財富沒有概念。就好像讓一隻螞蟻猜測一頭大象的體重一樣，差距太大了，完全不是一個世界的生物。」

原來范衛衛繞了半天是在諷刺徐一莫剛才點餐的事。

徐一莫既沒有范衛衛料想中的會惱羞成怒，也沒有畢京期待的一臉尷尬，反而哈哈大笑：「衛衛，你真是太可愛了，我越來越喜歡你了。我就知道你很有錢，所以點最好的最貴的，否則也對不起你的身分不是？」

范衛衛也哈哈一笑：「一莫，你真會說話。」

「過獎，過獎。」徐一莫一吐舌頭，朝商深討好似地使了個眼色，想知道商深對她剛才表現的評價。

商深點了點頭，范衛衛刀光劍影的進攻之中，有明槍也有暗箭，但徐一莫攻防兼備，絲毫沒有因為范衛衛的冷嘲熱諷而失態，表現出乎他的意料，他暗暗為徐一莫叫好。

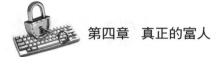

也許剛才的范衛衛才是真實的她，說實話，商深對范衛衛有幾分失望，不提她處處不經意間流露出來高人一等的優越感，就是她過分的西化以及崇洋的心態，也讓他很是不快。

承認美國強大並不等於無限度地拉高美國的偉大，美國的強大是建立在對別國資源的掠奪以及對全球利益的侵佔之上。當然，商深也承認美國的科技發達以及對人類發展做出的貢獻，但不可否認，美國也是世界上消耗最多、浪費最多也最流氓無賴的國家。就近代而言，世界上幾乎所有分裂和局部戰爭背後都有美國的影子。

「中國人最善於自我安慰了，是世界上最阿Q的民族。」畢京冷哼一聲。

「聽你的口氣，你好像不是中國人。」商深笑道，「總有一些中國人提起中國人的時候，擺出高人一等的姿態，彷彿他不是中國人而是洋人一樣，不要忘了，你也是黑頭髮黃皮膚的中國人，是炎黃子孫。當然，在國外你也可以假裝自己是外國人。」

「你！」畢京被商深嗆得滿臉通紅，一時惱羞成怒，拍案而起，「我比你愛國多了，不要拿你狹窄的愛國思想來對比我。你不要覺得你很聰明，半個月後我們一分勝負的時候，你會輸得一敗塗地！」

「不用半個月後，現在就可以一分勝負。」

商深向來是好脾氣，但今天實在是受不了范衛衛明槍暗箭的挑釁和畢京不知天高地厚的嘴臉，人有時候也有必要亮亮肌肉，才會讓對方收斂幾分。

「好呀。」畢京以為他終於成功地激怒了商深。

其實以他的如意算盤，就想今天和商深一決勝負，因為他自認現在攤牌，他穩操勝券，再過半個月雖然不至於商深就會後來居上因而被打敗，但畢竟夜長夢多，只要他現在穩穩當當地勝了商深，就可以成功地抱得美人歸了。

既能將商深踩在腳下，又能將范衛衛抱入懷中，人生最大的成功，不過如此。

「真的現在就要比個高下出來？」

范衛衛不是十分肯定地看了商深一眼，她忽然覺得她有點摸不透商深。商深答應赴約時，她覺得一切盡在掌握之中，等商深身邊出現徐一莫時，她突然覺得商深比她想像中不可捉摸多了，一年時間不見，商深成熟了許多。

但在商深避重就輕，似乎不敢和畢京立即一決高下時，她又覺得商深不過爾爾，混了一年還混不過一個其貌不揚的畢京，讓她對商深輕視了幾分。

然而幾句交鋒過後，商深依然是之前那個淡定的商深，而且他居然態度反轉，主動答應要和畢京過招，讓范衛衛摸不著頭腦，商深到底是欲擒故縱，還是真的如此膚淺？

以她對商深的瞭解，商深不是一個輕易被人激怒的人，那麼是不是商深真的對勝負胸有成竹？

上餐了。

上餐的服務員是小鈴小鐺，小鐺故意不給范衛衛上，只給商深和徐一莫上。范衛衛卻不肯放過小鐺，故意向小鐺招手：「小鐺過來，我有話要和你說。」

小鐺嚇得臉色都變了，遲疑著不肯過去，商深起身輕聲安慰她：「不要怕，有我在，再說范總又不會吃了你，對吧？」

或許是商深的聲音太溫暖，小鐺瞬間恢復了鎮靜，在商深的陪同下，來到范衛衛面前。

「范總，有什麼吩咐？」

小鐺臉上洋溢著幸福的光彩，她最喜歡的人陪在她的身邊，感覺就如喝了蜜一樣甘甜並且充滿了活力。

范衛衛的臉上掛著淡淡的微笑，心中卻想：我不能輸，說什麼也不能輸給一個小小的服務員。心裡卻恨商深為什麼非要替小鐺出頭，分明是故意和她作對。

「這份套餐變質了，拿去換一下。」范衛衛將手中的盤子一推，「你嘗嘗這什麼味道？」

「我們使用的都是最新鮮的食材，不會有變質變味的情況出現……」

小鐺依照一向的官方說詞解釋，才說一半，就被商深打斷了。

「說那麼多沒有用，嘗嘗就知道了。」

商深伸手拿起盤子，挑起一根麵條放到嘴裡，然後說道：「很新鮮啊，沒有變質。衛衛，你是喝酒了還是抽菸了？味覺麻木了吧？」

范衛衛險些沒有氣暈，商深太不給她面子了，故意讓著外人！再一想，不對，現在對商深來說，也許她才是外人，心頭忽然有一絲悲哀，原本想要嚇唬嚇唬小鐺的念頭隨即消失了，她擺了擺手：「算了，我也不餓，懶得換了。」

「謝謝范總。」小鐺喜形於色，朝商深連連鞠躬，「謝謝商哥哥。」

「被人需要是貴，內心無缺是富。真正的富貴之人，既不刻意炫耀財富，也不會仗勢欺人。平靜得像是大海，沉穩得如同大山，這樣的人，才是大富大貴之人。錢再多，如果不被人需要，也永遠不會成為貴人。」

商深將范衛衛的盤子拿到自己面前，將自己的盤子推到她的眼前，「我的盤子沒有動，應該也沒有變質變味。」

范衛衛愣了一下，突然心煩氣躁，用力一推盤子，盤子嘩啦一聲掉在地上，她賭氣地說道：「不吃了，氣飽了。」

商深默默地從地上撿起盤子，將盤子裡殘存的東西一股腦兒倒進自己的盤子：「不能浪費食物。」邊說邊大口大口地吃了起來。

范衛衛現在才知道商深的厲害之處，他不用太多的豪言壯語，只需要用從容的行動就可以化解她所有的攻擊，而且還讓她完全處於被動。

畢京有口難言，想要發作，卻又找不到一個好的理由，只好怒氣衝衝地盯著商深。可惜的是，商深並不多看他一眼，只顧埋頭吃飯，而且還吃得很香。

商深吃飯，徐一莫也不甘落後，和商深一起吃了起來。見商深和徐一莫十分默契地埋頭吃飯，范衛衛和畢京面面相覷，不知道該怎麼進行下去了。

愣了一會兒，畢京將自己的盤子推到范衛衛面前：「衛衛，我的盤子也沒有動過。」

范衛衛擺擺手：「沒有胃口，算了。」

畢京眼中的落寞一閃而過，突然發作了：「如果是商深給你的，你是不是就吃了？」

范衛衛再難保持淡定和優雅，臉色一變：「畢京，不要用這種口氣和我說話！這是第一次警告！」

畢京被嗆得面紅耳赤，想要反駁，卻又說不出口，只好強行咽了回去。還好商深和徐一莫仍然在埋頭吃飯，似乎沒有聽到范衛衛的話一樣。

十分鐘後，商深和徐一莫同時抬起頭來，商深一臉驚訝：「你們怎麼都沒吃？是不餓還是不合胃口？」

「廢話少說，現在開始決戰。」

畢京受了一肚子氣，現在全部爆發，他摘下手上的歐米茄手錶，拿出寶馬車鑰匙和摩托羅拉手機，又拿出一張房產權狀和一本存摺，將東西全部放在一個盤子上，推到桌子中間，霸氣地說：

「這是我的全部身家。商深，你拿出能證明你身家的所有東西，我們一一對比，誰輸誰贏，一目了然。」

「我瞧瞧……」徐一莫伸手撥弄畢京的全部家當，「歐米茄手錶，三萬塊、摩托羅拉手機，一萬塊、寶馬，走私車，頂多三十萬、房產權狀，北三環一套一百平米的房子，按一百萬算。存摺我看看，哇，六十萬，真有錢。

總共算下來的話，畢總的身家差不多有兩百萬了。真不錯，百萬富翁啊。商哥哥，你麻煩大了，你全部身家加起來，恐怕連二十萬都沒有。」

「是呀，我的車是公司的資產，房子是涵薇的，手機……是衛衛送的。工資的話，月薪兩千多塊，雖然也算是高薪了，但一年下來也才兩萬多。」商深嘆息一聲，「好吧，我認輸了，畢京，恭喜你，你贏了。」

不會吧？畢京睜大了眼睛，他還以為商深要麼會殊死抵抗，要麼是拼命耍賴，沒想到商深二話不說就繳械投降了，也太沒有拼命精神了吧？

他很想讓商深在爭得面紅耳赤時再無奈地認輸，這樣，才贏得光彩，贏得有面子。

這樣的勝利，雖然是他期待的結果，卻沒有成就感，就如已經準備坐上八抬大橋的狀元，卻突然被告知橋子壞了需要步行，這種感覺很不爽、很不愉快。

范衛衛卻明白商深的用意，她臉色一片灰白，望著商深：「商深，你就這麼希望我和畢京在一起嗎？」

原以為她在內心深處是期待商深失敗，但親眼目睹商深直接放棄和畢京的賭注，連比都不比，直接認輸之後，范衛衛還是感覺到了無比的悲哀，她知道，商深對她徹底死心了，對她是不是和畢京在一起完全不再在意。

不愛的人，不管是和曾經的朋友在一起，還是和現在的對手在一起，都已經和他無關。這麼說，商深真的一點也不再愛她了？為什麼？憑什麼！

范衛衛在悲哀之後，心中升騰起強烈的不甘心，明明是商深背叛她在先，現在倒好，反倒成了她的錯了，商深沒資格也沒有理由不再愛她，他就應該深深地愛著她，任由她折騰他蹂躪他踐踏他，他都必須打不還手罵不還口，而且還得陪著笑臉，永遠是她的備胎。卻沒想到商深居然放棄了她，而且是當著徐一莫的面，直接將她推到了畢京的面前！

這只說明了一件事，商深喜歡徐一莫，是借機向徐一莫示愛。

「我只是沒有畢京混得好而已，我盡力了。」商深朝范衛衛微一點頭，一臉愧疚，「衛衛，對不起，我讓你失望了！」

「不要跟我說對不起！」范衛衛忽然發作，站了起來，「你沒資格跟我說對不起，你一輩子都欠我的，一輩子都還不完！」

說完，她面向畢京：「畢京，我上次答應過你，如果你贏了商深，我會當你的女朋友。我說話算話，好，從現在起，我就是你的女朋友了。」

畢京喜出望外，他以為范衛衛在傷心之下，會不遵守承諾，沒想到范衛衛還真有個性，忙不迭連連點頭：「好，好，衛衛，你放心，我會永遠呵護你一輩子，永遠對你不離不棄。」

「不用了。」范衛衛冷若冰霜，她一把推開畢京，「請你讓開一下，我要出去。我明確地告訴你，從現在開始，我又和你分手了。從此你是你我是我，互不相干。」

話一說完，從畢京身邊擦身而過，滿懷怨恨地看了商深一眼，然後推門而出，只留下一個毅然決然的背影給商深幾人。

「怎麼說走就走了？誰買單啊？」

徐一莫盯著范衛衛的背影，放下了手中的筷子，遺憾地說道：「點了這麼多東西，而且都是最貴的，原以為范大小姐范總出錢，沒想到范總借生氣遁了，怎麼辦呢？」

「我買單！」

畢京愣在當場，羞辱、難堪、難過和悲傷種種複雜的情緒一起湧上心頭，不知道該怎麼形容自己的心情，正心煩意亂時，聽到徐一莫為買單的小事計較個沒完，頓時怒道：「一共才多少錢，有必要沒完沒了嗎？」

「好呀，太好了，你買單就對了，畢竟今天是你們邀請我們的。」徐一莫不理會畢京的尷尬，端起果汁喝了起來，還嘖嘖出聲，「好喝，不錯，真不錯。」

「商深！」畢京收拾乾淨盤子裡的東西，惡狠狠地指著商深，「今天我算是認清你了，你真不是個男人！我看不起你！」

「你看得起我又怎樣？」商深抱著雙肩，若無其事地說：「如果是我贏了你，范衛衛會怎麼做，你有沒有想過？」

「你怎麼可能贏得了我？」畢京太在意誰勝誰負了，他深陷其中不能自拔，「你沒有贏我的可能。」

「好吧，我只是假設。」商深不想和畢京爭論。

「如果你贏了，范衛衛也不會跟你。」

畢京冷靜了幾分，分析了事情的不同走向。

「是呀，所以我寧願直接棄權，也不願意去爭無謂的輸贏。」商深無奈地說：「畢京，你難道還不明白，范衛衛今天讓我們坐在一起，就是想看我們的笑話。也許你願意配合范衛衛，想博她歡心，但不好意思，我現在真的沒有時間也沒心情陪她玩。」

「商深，你真絕情。」畢京咬牙切齒，「枉費以前范衛衛對你一腔癡情，你現在這麼對她，真不是個東西。」

商深並不生氣，只是淡淡地說：「我怎麼對她？我要苦苦哀求她，希望她和我重歸於好？畢京，剛才范衛衛的態度你也看得清清楚楚，范衛衛是什麼性格，你還不知道嗎？你也可以試試，現在打她電話，求她回到你的身邊，看她理不理你。她就是一個認準了一件事情，就會固執地認為自己絕對正確的人，你永遠別想說服她，除非她自己想通了。」

「我不信！」

畢京拿出手機，撥打了范衛衛的號碼，他覺得范衛衛最近對他態度大變，固然有商深的原因，但根本上來說，還是范衛衛對他印象已經改觀，打開了心防。

手機一撥就通，響了半天，卻無人接聽。畢京心情低落，又撥了一次，響到三聲的時候，被拒聽了。

「真他……」畢京一怒之下摔了手機，想罵人，話到嘴邊又咽了回去，還真被商深說對了，范衛衛翻臉不認人。

商深呵呵一笑，「范衛衛在美國一年，受西化的影響越來越嚴重了。」

「不管怎樣，商深，你已經輸給我了，我是最後的勝利者。」畢京只好自我安慰，冷冷一笑，「早晚有一天，范衛衛會回到我的懷抱，而你，註定是一個徹頭徹尾的失敗者。」

「砰！」的一聲，畢京摔門而出。

「哎呀，幹嘛這麼用力，門又沒有得罪你。」徐一莫拍了拍胸口，假裝很受驚嚇的樣子，趕緊喝了口果汁，自語道：「嚇壞寶寶了，壓壓驚。」

商深險些沒被她氣笑，搖搖頭：「好了，人都走了，我們也該撤啦。再待下去，也沒有什麼意義了。」

「商哥哥，你剛才為什麼不露出你的真實身家震住畢京？」徐一莫不理解商深的做法，「以你的實力，別說兩百萬，兩千萬都不在話下。」

「我哪裡有兩千萬了？」商深笑道，「范衛衛不是說了嗎，真正的富人是不會顯露的，何況我還不是真正的富人。」

第五章

商業大戰

「你和葉十三的戰爭有擴大化的趨勢，快成新聞事件了，
只要是互聯網的從業者，都知道你們的商葉大戰，
更諧音稱之為商業大戰了，哈哈。
商深，葉十三可能會採取另外的手法，將事態擴大化，你要提防別被他利用了

出了「拐角遇到愛」，夜色闌珊，盛夏的夜色，依然是車水馬龍的歡樂河流。商深站在車前，並沒有急於上車，而是靠在車旁沉思。

今天發生的一切，既在情理之中，又在意料之外。商深完全可以理解范衛衛的心思，現在范衛衛在事業上佈局圍剿他的同時，還想在感情上報復他，讓他品嘗人生的各種痛苦。說白了，范衛衛對他是因愛成恨，心裡還是沒有放下。

而他之前也一直放不下范衛衛，覺得他愧對范衛衛，並且虧欠她許多，當然，現在他還欠著范衛衛的人情，范衛衛手裡還有著他親手寫下的欠條。不過，今天這一齣，讓他對范衛衛失望許多，范衛衛太刻意了，拿畢京噁心他就算了，還非要以財富論英雄，太淺薄也太做作了。

偏偏商深的原則就是：財富不能證明一切，不能作為衡量成功的唯一標準。被人需要為貴，心中無缺是富，如果一個人坐擁億萬財富，卻無人需要，心中充滿了遺憾和欠缺，那麼他既不富也不貴，是殘缺的人生。

人生在世，固然需要成功需要金錢，但更需要認可和尊重。在古代，商人沒有任何社會地位可言，甚至連農民的地位都不如。明朝時對商人的服飾有嚴格規定，商人只能用絹、布，而不得用衣綢、紗作衣服，如果農民家裡有一個人做買賣，全家的地位就跌入商人的行列。到明武宗時，又增加一條禁令，商人與賤民僕役、倡優不許穿貂皮大衣。可見在古代，作一個成功的商人還不如一個貧窮的農民幸福指數高。而且商人的後代不能參加科舉，徹底封死了升官之路。

隨著社會風氣的開放，商人的地位得以飛速提高，甚至上升到全民皆商的高度，只要膽大心細，或是鑽制度上的漏洞，許多人迅速積累了大量財富，成為先富裕起來的第一批富翁。

然而第一批富起來的商人，卻沒有回報社會的覺悟，花天酒地、紙醉金迷，然後再利用手中的財富和管道更加變本加厲地掠奪資源和財富，由此，讓整個社會對商人的觀感一落千丈，稱他們為暴發戶和土財主。

作為在富裕家庭成長的富二代范衛衛，身上不可避免地帶有第一代富人的習性，儘管范長天還算是有知識有文化的商人，但迅速積累的財富不免讓他心態稍有失衡，再加上缺少儒雅和深厚的底蘊，就有了唯金錢論英雄的偏激。

范衛衛生在一個家庭優渥的家庭，又受到西方思想的影響，盲目地崇拜西方文化，推崇金錢至上的理念，商深越來越發現他和范衛衛在人生觀和價值觀上，有著明顯的差距和分歧，就算還在一起，也是會漸行漸遠。

商深無奈地笑了，看到在夜幕中閃爍紫光的「拐角遇到愛」的霓虹燈，他深吸了口氣，拉開車門坐到車上。

「走吧。」

「去哪裡？」徐一莫早就上車了，她沒有打擾商深，任由商深一個人獨處思索，她知道商深需要安靜，需要自己解開心結。

「回家。」

「我還以為你要去三里屯狂歡，大醉一場來紀念逝去的愛情呢。」

徐一莫嘿嘿一笑，發動車子，開玩笑說：「我不但是你的助理，還是你的司機兼心理醫師，你只給我一份薪水，是不是太少啦？」

商深笑道：「薪水問題我可不負責，你想加薪，請找崔涵薇。」

「說真的，你和薇薇什麼時候結婚啊？」徐一莫忍不住問。

「不知道。」商深有些累了，靠在座位上，半閉著眼睛，「直覺告訴我，范衛衛不會善罷干休。」

「你假裝輸給畢京，就等於向范衛衛表明了態度，是不想再和她重歸於好了，她還能怎樣？」

商深睜開眼，揚了揚手中的手機：「我欠她太多。在德泉的時候，她為我丟了一部手機。到北京，她又給我買了一部手機。號碼也是她選的，加上她明裡暗裡送我的錢，總數應該在兩萬以上了。」

徐一莫雖然不知道其中的細節，卻也知道商深不是個貪財之人：「錢還不簡單，還她就是了，你又不是沒錢。哎，我說商哥哥，你到底有沒有計算過你現在的身家是多少啊？」

「我想還，她未必要，她手中還有我打過的欠條。她說，她要讓我欠她一輩子的情債。世界上最難償還的就是人情債和感情債，人情債還有還清的時候，感情債卻永遠無法還清。」商深無力地說。

「我的身家沒多少，不值得一算。」商深又道，他對自己到底擁有多少財富沒什麼概念，也沒有興趣去計算。

「我幫你算算。」徐一莫搖頭晃腦地算了起來，「我上次聽藍襪說，有風投公司有意投資五百萬美元，以你持股的股份來算，就有將近五十萬美元的身家，只此一項，你就秒殺畢京了。畢京還以為他可以贏了你，哼，自不量力。」

「加上你在文盛西的北西公司持有的股份；還有你和馬化龍、王向西的興潮網合作，此外以後有可能和馬朵、歷隊合作，天啊，商哥哥，你已經是多家大型跨國公司的股東了，你的身家何止幾百萬，至少幾百億起跳。」

徐一莫越算越是心驚，幾乎要跳起來了。幸好她還保持了鎮靜，否則正在開車的她如果跳起來的話，非出車禍不可。

「哈哈，你可真逗。」商深被徐一莫逗樂了。

徐一莫說的都正確，但問題是，他持有股份或是加盟的公司，到目前為止沒有一家是成功的上市公司，以後是不是可以成功並且上市還尚未可知，更不用說是什麼大型跨國公司了，所以他目前的財富，只有五百萬美元的投資可以作為參考價值，其他都不足取。

但商深承認一點，他確實比畢京強了許多，只說他剛剛接受來自雅虎的邀請，就完全可以勝過畢京了。

是的，商深收到了來自雅虎的一封信。雅虎中國組建在即，雅虎看中了他的才華和能力，誠邀他加盟雅虎中國，除了開出年薪二十萬美元的高薪之外，還有紅利獎勵，如果他答應雅虎的條件，一夜之間就可以成為百萬富翁。

這件事商深誰也沒有透露，就連崔涵薇也不知情。商深委婉地回絕了雅虎的盛情，他一直堅信君子不器的理念，相信他終有一日可以憑藉自己的雙手打下一片屬於自己的天空，而不是借助雅虎的平臺成就事業。在別人的平臺上做出的成績再大，也只是別人的天空。

而他之所以沒有當面和畢京一較高下，也是覺得沒有必要，總是想著和別人一較高下的人，再有錢也不是真正的富。加上他更不想也不願意被范衛衛擺佈。

回到家，徐一莫也一起上樓。家中空無一人，崔涵薇和藍襪都不在。商深啞然失笑，崔涵薇對他還真是放心，連個電話都不打，真不怕他會被范衛衛拐走？

「我給薇薇發了簡訊了，讓她放心，你沒跟別人跑了。還有，她回說，她今晚會和藍襪一起，就不過來了，還說讓我監視你。」

徐一莫喝了口水，一吐舌頭，笑說：「也是怪了，薇薇對我放心得很，從來不擔心我會搶走你。是她覺得我對你沒有魅力呢，還是對你太放心了？」

原來徐一莫私下已經向崔涵薇彙報過情況了，怪不得崔涵薇問也不問一下，商深分析說：「涵薇對你很信任，是因為她和你從小一起長大，當你是最好的朋友，從來不認為你會背叛她；對我放心，則是她知道，如果我想回到范衛衛的身邊，一定會和她說個清楚。」

「薇薇是個聰明的女孩，知道該放手時就要適當放手，有時抓得越緊，反而什麼都抓不住。」徐一莫很沒形象地將腿放到茶几上，修長的雙腿呈現完美的弧度。

「你今晚不走？」

商深對徐一莫還真沒有什麼想法，也正是因為如此，和她在一起時才覺得格外放鬆，「不走的話，就去臥室睡覺，我還要工作一會兒。」

「你別管我，自己去忙吧，我還要再想一會兒事情。」徐一莫眨了眨眼。

商深沒有多問徐一莫有什麼事情要想，洗漱完畢，回到房間，打開電腦，查看用戶對修復後的電腦管理大師有什麼新的回應。

還好，下面的評論基本上都是認可、贊同，也有一些持反對嘲諷的意見，不過極少數，都被主流的聲音淹沒了。商深心中大慰，他的努力得到了用戶的認可。這也說明，葉十三沒有再發動水軍對電腦管理大師進行攻擊。

他想起有一段時間沒有更新螞蟻搬家了，打開螞蟻搬家，想要修復用戶反應的問題以及調整一些使用習慣上的功能，忽然，ＩＣＱ跳出了一條消息。

「商深，對不起，今天我失禮了。我不是有意這樣做，實在是我太在意你了。」

是范衛衛。

商深早已猜到范衛衛肯定還會繼續和他接觸，沒想到是通過網路聊天的方式，而不是電話或簡訊。這樣也好，在寂靜的夜裡，不管是電話還是簡訊都容易打擾到別人，用網路即時通訊聊天，不但方便快捷，還不影響別人的休息。

這麼一想，商深更加看好網路即時通訊的未來發展，不知道馬化龍和王向西要拖到什麼時候才推出他們的ＯＩＣＱ，時間拖得越久，越不利於以後的成長。儘管馬化龍的理由很充足，公司還沒有正式成立，現在市場還不夠成熟，先讓ＩＣＱ繼續培養市場好了，然後ＯＩＣＱ一推出就直接搶奪ＩＣＱ的市場也是一樣。

倒也是個不錯的思路，商深雖然不喜歡跟在別人後面奔跑，但成功往往要經過模仿、複製再超越的模式，不管是當年的德國還是現在的日本。

「德國製造」在以前是偽劣產品的代名詞，後來德國人痛定思痛，決定以後只生產高品質高水準的產品，經過幾十年的努力，德國一雪前恥，成功地打造了一流的世界聲譽。

日本戰後也從模仿開始起家，到今天，日本的汽車製造業不但和美國並駕齊驅，而且在數位產品上的創新和生產力，已經超越了美國，儼然有問鼎世界第一的態勢。

商深堅信，以中國人的聰明，在互聯網浪潮中，遲早會成為世界的一個重要角色。甚至在某些方面超越美國，成為世界第一，也不是沒有可能。

「衛衛，我真心想問你一句，你到底想要我怎麼樣？」商深快速輸入一行字。

「其實……」范衛衛沉默了一會兒，「我想讓你回到我的身邊，我不能沒有你。」

「我覺得我們之間應該沒有重歸於好的可能。」商深直截了當地拒絕了范衛衛，「衛衛，你其實只是想讓我臣服在你的腳下，而不是想再和我談一場轟轟烈烈的戀愛吧？」

「商深，你真的認為我對你沒有感情了？」范衛衛打字的速度也不慢，「你不覺得你對我太絕情了嗎？」

商深無法形容自己的心情，對范衛衛，他確實很難再回到之前的感情狀態：「衛衛，我們能不能不再討論感情問題了？」

「你記住，你永遠欠我的，我手中還有你的欠條。」

「你這麼說倒是提醒了我，給我你的私人帳號，我把欠你的兩萬元匯給你。」

「我不要你還錢，我要你永遠欠我的！」

「代俊偉的公司什麼時候正式成立？」商深轉移話題。

「不知道，現在還沒有眉目。」

「衛衛，作為朋友，我想勸你一句，希望你在和別人打交道時，多謙遜低調和隨和一些，少用囂張、威脅和利用的態度，中國不是美國，美國可以只講利益不講人情，中國人一向是先講人情後講合作的。」

「謝謝你的提醒，我會注意的……」

范衛衛停頓了一會兒，又打出一行字，「如果我真的對你一直念念不忘，想和你和好，你是拒絕我還是會再考慮一下？」

商深起身離開電腦，在房間中轉了一圈，然後又回到座位上，回覆：

「衛衛，你不覺得我們之間的差距很大嗎？我們對許多事情的看法都不一樣，就算在一起也不會幸福。」

「你明明可以贏了畢京，為什麼故意輸給他？」

「輸贏已經不重要了。」

「……」范衛衛的頭像黯淡下去，應該是下線了。

商深被范衛衛一鬧，也無心工作了，正要關了電腦，ＩＣＱ一閃，又有人說話了。

居然是葉十三。

「商深，還沒睡？聊一聊？」

「嗯。」商深敲了一個字，靜等葉十三的回覆。

「如果我三天後重新改寫代碼，電腦管理大師的卸載再次失效，你會多久再次破解我的密碼？」

葉十三的問題很難回答，商深回道：「也許三天，也許五天，誰知道呢？」

「三天應該是最合適的天數，不會長到讓用戶失去耐心，也不會短到讓用戶懷疑其中有什麼貓膩。就定三天的時間你出手還擊，怎麼樣？」

「……」

商深一愣，葉十三似乎話裡有話，他想等葉十三說個清楚。不料葉十三卻欲擒故縱，只留言：「等明天上午有了最新消息後，你會明白我的意思。晚安。」

葉十三又在耍什麼花招？商深不得其解，索性也不去想了，上床睡覺。

睡到半夜，他起床上廁所──他睡在次臥，沒有衛浴設備，走出房間，只見客廳沙發上躺著一個人，背朝上臉朝下，正睡得香甜。

玉體橫陳也就罷了，徐一莫還將枕頭壓在身下，屁股高高翹起，要有多不雅就有多不雅。

更讓人無語的是，她的腳還放在茶几上，將茶杯踢到了地上。還好，地上鋪了地毯，茶杯才沒有摔破。而她對此顯然一無所知，正睡得天昏地暗。

商深搖搖頭，上了廁所後就回房間睡覺了。隨她去吧，叫醒她反而會尷尬，只要她睡得好，哪裡都一樣。

天還沒亮，商深就被電話聲吵醒了。他以為是他的手機在響，拿過一看，不是。

手機鈴聲仍是一直響個不停，商深只好起床來到客廳，見客廳已經沒有了徐一莫的身影，她的手機卻在茶几上響個不停，他只好拿過手機接了起來。

「一莫，昨晚你和商深在一起了？怎麼樣，有沒有拿下他？要我說，你真的不用想那麼多，喜歡他就拿下他。拿下男人說難也難，說容易也容易，兩個方法，一是讓他在床上依賴你，二是讓他的胃口適應你的廚藝。做到了以上兩點，百分之八十以上的男人都逃不出你的手掌心……」

是一個很輕靈很清脆的女孩聲音。

商深將手機拿開，來電顯示只有號碼，沒顯示姓名，聲音聽上去也很陌生，應該是他不認識的人，他本來想告訴對方徐一莫不在，又一想，還是不要開口，否則一說話就露餡了。

「一莫，我不和你說了，記得晚上過來找我，我們再好好討論一下你和商深在一起的好處和壞處，拜拜。」

誰呀這是？商深放下電話，難道說除了小鐺之外，還有人認為徐一莫和他在一起更合適？

想起徐一莫的粗線條以及夢遊的習慣，和徐一莫在一起？他搖搖頭，算了吧！

開門的聲音響起，徐一莫回來了。

穿著整齊的徐一莫手中拎著早飯：「你起來了？我買了早餐，你愛吃什麼？」

想起電話裡的「讓他的胃適應你的廚藝」，商深忽然打了個冷顫，覺得徐一莫燦然的笑容下隱藏著深不可測的陰謀。

吃過早飯，徐一莫收拾東西的當下，崔涵薇和藍襪出現了。

一進門，藍襪就笑道：「晨起懶梳妝，日晚倦倚床。不覺冬又至，無意理新窗。恍知身何處，唯記君何方。聚短情深永，相思比夢長……有意思，商總，昨天是我，今天是一莫，後天又會是誰和你共進早餐？」

藍襪很少和他亂開玩笑，商深不好意思地摸臉道：「藍董，作為上司，您不應該和下屬開超出正常上下級關係之外的玩笑。」

崔涵薇打趣說：「我可不可以？」

「你嘛……」商深顧左右而言他，「聘人的事和伺服器的問題，進展得怎麼樣了？」

徐一莫這時跳了出來，挽住商深的胳膊，「我和商哥哥清清白白，不怕別人亂說。薇薇，藍襪，你們是不是覺得我和商哥哥共進早餐，很像熱戀中的情侶？」

商深嚇了一跳，不著痕跡地將身子一偏，抽出了胳膊，正經地道：「上班了，再不出發就遲到了。」

去公司的路上，崔涵薇和藍襪簡單說明了進度。員工招聘一切順利，初步定了三個人，伺服器的問題也算順利，不過要三天後才能到貨，商深所要的最新款正好缺貨，需要調貨。

到了公司，王松等人已經到了。

「商總，一切平靜，沒有太大的波動，似乎不太正常。」王松擔憂地道，「葉十三和你聯繫沒有？」

「聯繫過了，今天他應該會有反擊。」商深安慰王松，「慢慢來，不要慌，早晚會有動靜。現在是黎明前的黑暗，電腦管理大師動了葉十三的根本，他不還手才怪。對了，現在市場反應如何？」

「反應不錯，下載量逐漸回升，現在電腦管理大師的下載量已經超過螞蟻搬家了。商總，螞蟻搬家也該更新一下了，否則用戶就失去了新鮮感。而且螞蟻搬家也會間接帶動電腦管理大師的普及率，照這個速度發展下去，不用兩個月，電腦管理大師就是當之無愧的電腦管理類軟體的第一名了。」

王松掩飾不住對商深的崇拜之意，公司成立以來只推出了兩款軟體，兩款軟體全部大火，且都出自一人之手，不佩服不行。

「嗯。」商深點點頭，昨晚他本來是想更新螞蟻搬家來著，卻被意外事件打亂了步伐，王松能和他想法一致，說明王松確實是個難得的將才。

「時刻關注動向，一有異常就立即向我報告。另外，你和索狸、絡容負責下載分類的人聯繫一下，我和王陽朝、向落已經打過招呼了，他們會重點推廣電腦管理大師和螞蟻搬家。」

「收到。」王松收到命令走了。

崔涵薇和藍襪也各自忙她們手頭的事情去，徐一莫不知道去了哪裡。

商深打開電腦，開始對螞蟻搬家的更新動作。

螞蟻搬家自推出以來，只更新過一次，也就是目前的二點零版本。電腦管理大師火爆之後，商深的主要精力都放在電腦管理大師上，再由於和葉十三的戰爭，讓他過多地關注電腦管理大師而疏忽了螞蟻搬家。

其實從長遠來看，螞蟻搬家才是長盛不衰的軟體，而電腦管理大師有可能會隨著電腦用戶水準的提高，以及電腦作業系統越來越完善和智慧化的進程而逐漸失去其現有的價值。

並不是說電腦管理大師會退出舞臺，而是說電腦管理大師有可能在未來不如螞蟻搬家的裝機量大。裝機量可說是衡量一個軟體受歡迎程度的最直接指標。

對，裝機量！商深靈光一閃，想起一個一直以來被他疏忽的細節，他應該在電腦管理大師和螞蟻搬家兩款軟體中都內置一個可以統計裝機量的代碼，如此就能更準確地計算出兩款軟體的普及程度了。

只要使用者上網，兩款軟體在上網的狀態下，可以向主要伺服器發送一個訊息，根據ＩＰ位址的不同和電腦配置的不同生成一個唯一的識別碼，就算是一臺電腦的裝機量。

對，就這麼決定了。

商深大喜，同時也感慨在互聯網的世界裡，真的要隨時調整自己思路的靈活度，否則稍不留神就會被滾滾向前的時代車輪碾壓。

商深先在螞蟻搬家裡加入了一個統計裝機量的代碼，然後又修復了一些小ＢＵＧ，另外增加了一些新的功能，花了一上午時間更新完畢。

他還有一些不錯的想法沒有加入，不是時間不夠，而是想留待以後。更新軟體需要一定的技術儲備，不能一次就把想法全部加入其中，如果導致後續無力，等於是毀掉了一個軟體。還有一個原因，有些初步的想法還不成熟，商深需要再琢磨琢磨，以免失之於急躁，草草行事，說不定會得到恰得其反的效果，導致用戶使用上的不習慣而引發用戶抱怨。

以前也不乏改版改過頭，而使一款原本成功的軟體走向衰落的先例，因此但凡有一定市場使用率的軟體，都不會有大幅度的改動，不管是介面還是功能，都是逐步地一點點更新。

下午，商深讓王松上傳了最新版的螞蟻搬家。由於更新量不大，商深命名為二點一版本。

剛上傳一分鐘，商深查看後臺資料，就有了上百臺的下載量。有了裝機量的統計代碼，確實是好處多多。

隨後，商深又打開電腦管理大師，也加入了統計裝機量的代碼，叫來王松，讓王松重新上傳。

王松卻遲疑片刻，提出了不同意見：

「商總，我建議再等等葉十三的反擊再說，現在新版的電腦管理大師還沒有形成口碑式的下載量，再貿然上傳一個更新的版本，也許會讓用戶以為我們上一版的電腦管理大師是為了應付中文上網外掛程式而倉促推出的半成品。」

王松的話不無道理，商深微一思索，決定從善如流：「好，那就再等等。」

話剛說完，電話來了。王松識趣地退了出去。

是深圳的電話，商深接聽了，話筒中傳來馬化龍的聲音：「商深，我一直忙得不可開交，沒有和你聯繫，最近怎麼樣？」

「還好，小馬哥，你的公司什麼時候上馬啊？」商深呵呵一笑，「等太久了。」

「快了，快了，最晚年底。主要是有許多事情要處理，開弓沒有回頭箭，一旦上馬，就沒有回頭路可走了，所以必須慎重。」

馬化龍最近確實忙得不行，他是個做事情很有規劃的人，前期工作一定要做得十分充分，才敢放手去做。

「你最近和葉十三的戰爭有越演越烈的趨勢，快成了業內的新聞事件了，現在不少人在談論這件事，只要是互聯網的從業者，都知道你們的商葉大戰，更諧音稱之為商業大戰了，哈哈。我提醒你一下，商深，葉十三可能會採取另外的手法，將事態擴大化，你要提防別被他利用了。」

雖然遠在深圳，但互聯網世界裡沒有地域界限，深圳和北京再遠，在光速之下，完全沒有距離感，商深和葉十三的大戰，不但在深圳成為人人皆知的新聞事件，在外國，也有不少投資商關注此事。

對，越是新聞事件，越有更多人關注，關注度就是財富。在越來越注重眼球經濟的今天，如果他和葉十三的大戰讓電腦管理大師和中文上網網站成為無數新聞事件的主角的話，那麼毫無疑問是對他的軟體和葉十三網站的免費宣傳。

想通此節，商深忽然眼前一亮，葉十三昨晚的話，莫非是有意和他配合，借機炒作大戰，讓大戰成為波及整個互聯網的新聞事件？

如果真是如此的話，還真如馬化龍所說，他有可能會被葉十三精心設計的計謀利用了。

「謝謝小馬哥的提醒，我想葉十三還有擴大事態的意圖，我會留意他的一舉一動。」

「嗯，不過從另一個角度來說，事態鬧大，對你來說也是好事，只要你一直佔據道德的至高點，也許可以借此成為最終的勝利者。」

馬化龍自然是站在商深的一方，話題一轉，說到了正事，「年底前，我的企鵝電腦公司會上馬，上馬之後，會正式推出ＯＩＣＱ。你最近有時間的話，多和向西交流一下，盡可能全方面測試，力促ＯＩＣＱ推出沒有明顯的ＢＵＧ，否則會影響用戶的觀感。」

「沒問題，讓向西發給我原始程式碼，我先從原始程式碼上檢查一下，然後再讓公司上下進行內部測試，確保萬無一失。」商深心知馬化龍的謹慎，「公司籌備有需要我幫忙的地方，儘管開口。」

「你已經幫了不少忙了……」馬化龍遲疑了一下，還是說出了需求，「公司還有一些資金缺口……」

「需要多少？」商深對待朋友從來不會虛情假意，「我盡我所能。多了不敢說，一二十萬還可以拿得出來。」

向來錦上添花易，雪中送炭難，馬化龍剛剛起步，正是用錢之時，等日後他一遇風雲便化龍之時，別說一二十萬了，就是幾億他也不會放在眼裡了。

「十萬就好，如果有二十萬就更好了。」

「好，你留個帳號，我給你匯過去。」商深沒有任何遲疑。

「商深……」

馬化龍沒想到商深會這麼乾脆，幾乎不敢相信自己的耳朵，也無法表達自己感激的心情，只好說：「真的謝謝你，等公司確定股權分配時，我一定會為你爭取更多的股份。」

「小馬哥，」商深主意已定，「我還是不公開持股，就掛在你的名下就可以了。」

「你真的就這麼相信我？」馬化龍為之一驚，人和人之間最難得的是信任，商深對他的信任已經超出了他的期待。

「百分之百相信。」商深誠懇地說：「二十萬說多不多，說少不少，我相信以小馬哥的氣度和胸懷，不會因為二十萬而自毀信譽。如果一個人在二十萬面前就迷失了自己，那麼他永遠不會成為千萬億萬富翁，因為他的氣量太小了。」

「說得好。」馬化龍被商深的話激發了豪氣，「別的話我就不多說了，你的二十萬交給我，以後一定回報你一百倍，不，一千倍。」

商深不想過多地討論回報的問題，他既然看好馬化龍的未來，就不會在意眼前的一時得失，他賭的是長遠，但未來誰也不敢保證，所以風險還是有。

「代俊偉要回國了，小馬哥，ＯＩＣＱ早些推出比較好，不然等代俊偉的搜尋引擎在國內形成氣候以後，他野心一大，就會想統一所有的市場。」

商深的擔心不是杞人憂天，雖然互聯網是新興事物，但和實業的壟斷一樣，早晚也會出現大型的壟斷公司，微軟就是一個活生生的例子。

「我很看好代俊偉的未來，希望以後和他有合作的機會。」

馬化龍和商深的想法略有不同，他認為和代俊偉的合作會大於競爭，卻沒有認識到一點，代俊偉是個掌控欲極強的人，而搜尋引擎和別的網站不同，一旦坐大，有可能會壟斷百分之八十以上的市場份額，如此強大的優勢，必然會讓人有油然而生的君臨天下的帝王情懷。

「也許吧，但願代俊偉以後會開放平臺。」

商深不想和馬化龍深入討論代俊偉的未來，因為在事情沒有真實發生之前，誰也不知道到底會發生什麼。每個人都有自己的看法，而且也都堅信自己才是正確的。

第六章

大乘之道

其實並非是商深有多高明的用人之術，
他只是出於誠心邀請王松，也是他對王松的認可和尊重。
說到底，真正的用人之術就是對手下的認可和尊重，出於真心將他們當成自己
以心交心的情誼，才是真心換真心的大乘之道。

剛放下和代俊偉的電話，徐一莫就推門進來了，商深道：「你來得正好，給你一個帳號，匯二十萬過去。」

「好的，商總。」

在公司，徐一莫穿了身套裝，還特意戴了付沒有鏡片的眼鏡，以增加她的專業感。

「個人帳號？誰的啊？」

徐一莫接過帳號一看，見戶名是馬化龍，不禁說道：「你到處借錢出去，也不怕收不回來？」

「不怕。」商深笑笑，「我還年輕，還有從頭再來的本錢。年輕的時候不盡力而為一次，難道要等老了再去賭明天？到時就算有勇氣去賭，也沒有機會享受成果了。對了，用我的個人帳戶匯，不要動用公司的錢。」

「明白。」

徐一莫明白商深的用意，商深是怕萬一有去無回，損失的是他自己的錢，而不是公司的。

徐一莫推門出去，門開一半時，又回頭衝商深嫣然一笑：「你今天接我的電話了？」

「我一直和你在一起，你哪裡打電話給我了？」話說完商深才知道會錯了意，笑說：「接了，不知道是誰。」

「她說什麼？」

「忘了。」

「騙人。」徐一莫噘著嘴，「她叫毛小小，我叫她小毛毛，有機會介紹你認識一下，很可愛很漂亮的一個川妹子。」

商深搖頭笑笑，沒將徐一莫的話放在心上，打開網站，準備察看一下電腦管理大師和螞蟻搬家兩款軟體的最新動態時，王松推門進來。

「商總，出事了！」王松表情凝重，「葉十三出手還擊了。」

「這麼快？」商深一愣，「什麼狀況？」

「中文上網網站發佈了一個公告……」

王松停頓了一下，目光中閃過一絲敬佩之意，雖然葉十三是敵方，但他一向佩服有水準的對手，對手越高明，越能激發他的爭強好勝之心，一個強大的對手可以反襯自己的實力。有什麼樣的對手，就有什麼樣的自己。

「什麼公告？」商深剛忙完，還沒有來得及關注網上的最新動向。

中文上網網站的公告，王松幾乎背了下來，主要是葉十三另闢蹊徑的反擊太令人震驚及令人印象深刻了：

「致各位關心中文上網網站的朋友：

近日，中文上網網站遭受到惡意攻擊，有駭客駭入中文上網網站，對網站的資料庫造成損害，以及中文上網外掛程式被當成惡意外掛程式等等一連串事件，對正在發展中的本網站來說，是一次重大打擊。中文上網網站一直致力於維護用戶的使用習慣，尊重用戶的選擇，以後，中文上網網站會繼續本著一切為用戶利益為先的出發點服務所有使用者。

相信在不久的將來，中文上網網站會成為廣大用戶的最熱愛網站，中文上網外掛程式也會根據使用者的意見進行改進，力求不影響每個人的使用習慣。如果對中文上網網站和中文上網外掛程式有什麼建議和想法，歡迎來信來電。中文上網網站不會向任何的駭客行為屈服，也不認同個別軟體對中文上網外掛程式的惡意卸載。中文上網網站除了進一步保留採取法律手段維護權益之外，也願意大開方便之門，和所有對中文上網網站有不同意見和對中文上網外掛程式有不同看法的朋友理智對話，共同進步，以維護互聯網公平公開公正的透明原則。」

「就這些？」

商深聽出公告明顯帶有葉十三的個人風格，肯定是葉十三的手筆，公告用語雖然委婉，卻還是將過錯全部推到了別人身上，不過根據他對葉十三的瞭解，葉十三絕不會只發一通公告了事，應該還有其他配套的還擊手法。

「中文上網網站設立了一個專題頁面，用來討論中文上網外掛程式到底是不是惡意外掛程式，現在已經開放了入口，任何網民都可以發言，甚至不需要註冊，匿名也可以。」

王松對葉十三第二次的反擊手法打了七十分的高分，第一次的反擊可說暴力反擊，雖然迅速而且收到了立竿見影的效果，但由於過於直接而沒有迴旋餘地，只能打六十分。

這一次就不同了，這一次葉十三擺出弱者姿態，以博取廣大用戶同情心的手法來佔領道德至高點。由此可見葉十三十分清楚人性，大部分人都習慣同情弱者，在一般人的思維中，只要是弱勢的一方，就必定是受欺負的一方，便會沒有原則沒有理性、不問青紅皂白的同情，並且還會固執地認為凡是欺負弱者的一方都不是好人。

葉十三的聰明之處在於他很會揣摩人性，洞悉人性中的劣根性和不足，所以先發佈一個公告來假裝是弱者，然後再召集一群人公開討論他的所作所為。如此手法，雖然無賴到了極點，卻很高明。因為一般人的毛病就是見不得眼淚，只要壞人一流眼淚，就天真地認為壞人改邪歸正了，卻不知道壞人天生就是表演藝術家。

葉十三夠聰明也夠厲害，連匿名使用者可以發表評論的辦法都想到了，如果他自己發動水軍造勢的話，還真會左右許多不明真相的用戶的判斷力。

商深沒有說話，默默地打開了中文上網網站，在首頁最醒目的位置，赫然就是最新的公告，還用加紅加粗的標題以吸引注意。

點開公告，在公告下面就是討論頁面，商深沒有遲疑，直接點了進去，果然是不需要註冊就直接可以進入。

進入後，頁面不算精美，卻一目了然，發言的地方也很醒目。點擊發言，商深在裡面輸入了一段話：

「中文上網外掛程式到底是不是惡意外掛程式？舉個例子，如果有個人到你家中作客，和你很談得來，你一開始很歡迎。但聊了半天之後，你累了睏了，想要休息了，客人卻不肯走。你很無奈，提出送客，客人卻還是不走，非要賴在你家不可，你說這個客人是好人還是壞人？」

討論頁面上，可以看到線上的聊天人數，商深剛進去時，顯示的線上人數是十幾人，全部是匿名。等他發完消息後，人數迅速攀升到幾百人，其中百分之九十五以上是匿名，只有極少數是註冊之後登錄進來的，而且註冊的名字都十分奇怪，有經驗的人一眼就可以看出是隨機註冊的名字。

也就是說，到目前為止，討論區內並沒有多少真正的用戶在內，應該一部分是葉十三安排的水軍，一部分是虛擬帳號。商深的評論一發出，立刻引發了熱烈的討論。

「舉例不是很恰當，中文上網外掛程式怎麼會是客人呢？外掛程式在安裝的時候有提示，是你自己選擇安裝的，又沒有非逼著你安裝。」

「就是嘛，我支持中文上網外掛程式不是惡意外掛程式，頂多就是熱情過度了些。」

「支持！」

「支持！」

下面附和聲一片，幾乎是一面倒的力挺中文上網外掛程式，並且對商深口誅筆伐，商深搖頭笑笑，關了網頁。

「真正的用戶不多，討論意思不大，起不到太大的作用。不過我估計葉十三還會有後手，他一向喜歡打組合拳。」商深想了想，「重點應該在公告上，或者是，他是想由此引發一連串的新聞事件，起到宣傳中文上網網站的效果，他的目的也就達到了。」

王松點頭稱是：「還是商總想得周全，我一開始被葉十三的手法嚇到了，覺得葉十三太厲害太有創意了，還是不如商總冷靜。聽商總一分析，頓時豁然開朗。」

商深哈哈笑道：「王哥，不要拍我馬屁，你又不是不瞭解我，在我面前，只管實話實說就行，不用說那些沒用的奉承話。」

王松也笑了：「我總覺得葉十三這麼做是想把事情鬧大，商總，我們是配合葉十三把事情鬧大好，還是盡可能地將影響降低到最小的範圍內好？這個問題我一直沒有想明白。」

「事情鬧大了，對雙方來說都沒有壞處，但最後誰的收益最大，就看在鬧大的過程中，誰的手法更高明，更能博得用戶的認同了。裝弱者博同情是很低級的手法，隨著用戶水準的提高和見識的增廣，慢慢就會知道有時弱者並不一定是真正的弱者，也有可能是假扮的弱者。真正想要贏得用戶的認可和尊重，只有一個辦法——以使用者的利益為導向，永遠尊重使用者。」

王松連連點頭：「商總的意思是，隨便葉十三怎麼鬧，我們只管奉陪到底就是了？」

「想鬧大還是鬧小，隨他。」商深呵呵一笑，「眼下我們的工作重點是放到一二三網站上，爭取明天我寫出框架，然後由陳明睿牽頭，你們成立一個技術小組，負責網站的架構和頁面設計。」

「沒問題。」王松領命而去。

商深暫時將葉十三的公告和論戰的事放到一邊，開始繼續埋頭編寫一二三網站的框架。由於網站並不是龐大的門戶網站，也不是專業的類型網站，框架不大，他只用了兩三個小時就大概確定了網站的框架結構。

接近下班的時候，崔涵薇、藍襪和徐一莫三人同時出現在商深的辦公室。

「晚上一起去ＫＴＶ，如何？」崔涵薇心情不錯，事情進展順利，自然要去放鬆一下。

「好呀，沒問題。」商深一想反正左右無事，去了也好。

「你再叫上幾個人，就你一個男人陪我們三個美女，你太幸福了吧。」徐一莫掩嘴而笑。

「好，我叫上馬朵和歷江。」商深回道。

「再多叫一個，我叫上了小毛毛。」徐一莫說。

「小毛毛？」商深一愣，沒反應過來。

「就是你接錯電話的女孩。」

「好吧。」商深早就忘了這件事了，徐一莫一說他才又想起來，「叫上歷隊吧，好久沒見他了。」

「我們三個先去了，就在後海，你們直接過來找我們就行。」

崔涵薇衝商深揮揮手，三個美女轉身走了。

商深拿起電話打給馬朵、歷江和歷隊，三人正好都有空，他就讓三人在拐角遇到愛集合，他開車去接他們。

車到半路，商深接到王松的電話。

「商總，我接到索狸網的電話，葉十三已經和索狸網達成了合作協議，明天索狸網就會發佈新聞，就這一次的電腦管理大師和中文上網外掛程式的較量事件展開大規模的討論。同時，絡容網方面也說，絡容網也正在緊鑼密鼓製作討論頁面，最晚後天也會推出……事情，真的鬧大了。」

王松的聲音焦急中露出隱隱的興奮之意，「兩大門戶網站同時推出專門頁面進行討論，先不說討論的結果怎樣，只說對電腦管理大師和中文上網網站的帶動作用，肯定會有想像不到的效果。」

商深的第一個念頭是，葉十三果然不是省油的燈，一出手果然又是一套連續動作，第二個念頭是，索狸網為什麼會答應葉十三專門做一個頁面出來？以索狸網的地位，葉十三的中文上網網站還不是一個級別的對手，根本不足以驚動索狸網以如此大的動作來為他搖旗吶喊啊。

但當他聽到絡容網也會加入戰局時，頓時想通了，索狸網和絡容網肯定得到葉十三的什麼承諾，或是葉十三的背後又有什麼神秘勢力加入了戰團，而影響到索狸網和絡容網的立場。

商深和王陽朝、向落關係都不錯，而且王陽朝還親口說過他欠商深一個人情，只要商深開口，他必會償還。

「做好萬全的準備，隨時迎接大戰的到來。」商深向王松下達命令，「王哥，明天一早你和陳明睿八點前到公司，提前進入迎戰狀態，讓其他人也提前半個小時上班，以備不時之需。」

「明白。」王松想了想，不放心地問道：「我擔心葉十三除了在正面戰場大造聲勢之外，還有可能會繼續在中文外掛程式上面反擊，商總也要做好準備，說不定葉十三又會故伎重施，中文上網外掛程式再次導致電腦管理大師崩潰。」

「嗯，你的提醒很及時，不過你還是不太瞭解葉十三，」商深老神在在地說，「葉十三肯定還會改寫中文上網外掛程式的代碼，但不會再一次採取導致電腦管理大師崩潰的辦法，他很驕傲，同樣一個手法不會使用兩次，就像他自己最喜歡的一句話一樣：一個人不能兩次踏進同一條河流。」

「明白了。」王松知道正面和葉十三在技術層面的較量，只有商深一人可以力敵，他們都幫不上什麼忙，「我去忙了，商總，有任何消息，我會第一時間通知你，請放心。」

商深想了想，覺得有必要也讓王松放鬆一下：「我們在後海唱歌，要不要一起？」

「我就不去了，你們年輕人玩，我一個老年人就不丟人現眼了。」王松自嘲道，但心中還是有幾分高興，商深請他去唱歌，說明沒當他是外人。

其實並非是商深有多高明的用人之術，他只是出於誠心邀請王松，也是他對王松的認可和尊重。

說到底，任何的用人之術如果包含了心機就落入了下乘，真正的用人之術就是對手下的認可和尊重，出於真心將他們當成自己人。以心交心的情誼，才是真心換真心的大乘之道。

「哈哈，王哥說笑了，你才比我大幾歲就自稱老人啦？好吧，你不去就算了，回頭有機會再一起吃飯。」商深說笑幾句，放下了電話。

王松心中微微感慨，商深比他年輕沒有幾歲，卻比他還成熟穩重。說實話，一開始他還有幾分輕視商深，覺得商深是憑外貌才贏得崔涵薇和藍襪的青睞，是交了狗屎運才拉來了投資，魚躍龍門。但隨著瞭解的深入，他才意識到自己的淺薄，商深就算沒有崔涵薇和藍襪資金的助力，一樣可以一飛沖天。才華無價，只要時機到來，就會光芒大盛，就會一舉成名。

到今天，在和葉十三的較量時，王松愈發認識到商深的與眾不同，商深不但是技術上難得一見的天才，還是個營運高手，更是一個懂得照顧別人情緒，在人情世故上很有分寸的人際關係學專家，簡直就是一個完美的人才。

王松對商深的敬佩上升到了前所未有的高度。

商深還不知道他的一句話讓他在王松的心目中贏得了不少加分，他開車趕到「拐角遇到愛」的時候，馬朵、歷江和歷隊都已經到了。

「老弟，你們城裡人真會玩。」馬朵一見商深就哈哈一笑，二話不說上了商深的車，「事先聲明，我不怎麼會唱歌，你們唱，我聽。」

商深也笑了，招呼歷江和歷隊上車，「每人一首，誰也跑不了。」

「我沒問題。」歷江喜笑顏開，「只要有我在，就沒有冷場的時候。」

「怎麼想起唱歌了？」歷隊坐在後座，問：「也就是你商深開口，別人邀請我去ＫＴＶ，我肯定不去。」

「唱歌也是放鬆的一種形式，明天大戰在即，今晚就先白日放歌須縱酒，青春作伴好還鄉，不對，現在是晚上了，呵呵。」

商深注意到歷隊似乎有幾分不情願，知道歷隊平常工作繁忙，就說：

「今天主要是還有正事要和你們商量一下，特別是有一件事想當面向歷隊求證一下。」

「什麼事？」歷隊板著臉，一本正經，似乎他真不知道商深要說什麼一樣。

「不明白就算了，唱歌去。」商深見歷隊繼續假裝，也不點破，哈哈一笑，提高了車速。

此時的後海遠不如十幾年後繁華，還可以隨處停車。

停好車，商深打了崔涵薇電話，得知幾人的具體位置後，和馬朵、歷江、歷隊一行四人沿著水邊朝裡面行進。

夜色迷人，水光交融，呈現夏日夜晚迷離而美好的景致。商深四人正值當年，除了馬朵之外，幾人都算得上英俊瀟灑，吸引不少女孩的目光。

馬朵自嘲道：「如果我不出現的話，你們今晚獵豔的機率會增加十倍以上。」

「馬哥，這話就不對了。」歷江立刻提出反對意見，雖然他的目光不停地在身邊路過的美女身上和腿上掃描，嘴上卻說得十分堅定：「我只喜歡衛辛一個，其他女孩在我眼中，不過是浮雲。」

話音剛落，身邊一個濃妝豔抹的美女朝他拋了個媚眼：「帥哥，需要陪酒妹嗎？」

「需要，太需要了。」歷江立刻一臉笑容，話一出口才意識到不對，立馬又變了一副嚴肅的表情，「告訴你，我是警察。」說完，拿出證件亮了亮。

濃妝豔抹的美女當即嚇得驚叫一聲，轉身跑開了。

「切，還想玩我，看我不玩死你！」歷江衝商深幾人說道：「見笑了，兄弟們。不過你們一定要相信我，我絕對是個用情專一的男人，最近我和衛辛的關係終於有了進展，我一定會好好對她，愛護她，呵護她一輩子。」

「行了，人又不在，你不用表忠心。」商深取笑道，「什麼時候喝你和衛辛的喜酒？」

「快了，快了，等我的投資回報一百倍的時候，我就擁有五百萬的財富，到時就可以迎娶衛辛進門了。說到衛辛，商老弟，我投資給馬化龍的錢，什麼時候才能有回報啊？他們的公司還沒有成立，會不會打了水漂啦？」

「別急，心急吃不了熱豆腐。」商深信心十足，「年底公司成立，明年就會見到希望。」

「好，我相信你。」歷江扭頭問馬朵，「大馬哥，你什麼時候開公司，我也要入股。」

馬朵笑道：「歡迎。等提上日程後，肯定會找你。」

「一言為定？」

「一言為定！」

「歷哥，七二四軟體快到推出的時候了，不過葉十三說，他想重寫中文上網外掛程式的代碼，你是想再等等還是現在推出？」

商深拋出了他最近一直在思索的一個問題。

「嗯……」歷隊微一沉吟，「不妨再等等，現在你和他的戰局剛剛開始，形勢雖然不太明朗，不過估計暫時不用我出手，你依然可以從容應對。」

商深點頭一笑：「其實也多虧了正義俠的幫助，要不，我還沒有那麼快調整好節奏。」

歷隊的表情在昏暗的夜色中多了幾分模糊，他含蓄地說：「你是不是覺得我就是那個正義俠？」

「難道不是？」

「是。」

出乎商深意料的是，歷隊沒再故意躲閃，直截了當地承認了。

「你都猜到了，我再瞞下去也沒意義了。不過說實話，我當時並不是非要進入葉十三的伺服器，只是出於好奇，想研究一下他們網站的結構，沒想到一查之下才發現，網站的安全防護措施太不到位了。出於提醒他們的善意的出發點，我就進入了他們的伺服器，留了幾個大字就趕緊走人了。相信換成另外一個人就沒有這麼好心了，不在裡面植入木馬，也許會刪除他們的資料庫。經過我一鬧，他們應該加強了防護。」

還真是歷隊所為？商深愣了愣，會心地笑了。

正義俠事件後，商深依次將他認識的人都過濾了一遍，最後鎖定了歷隊。因為他的朋友之中，關心他和葉十三大戰的人雖然不少，但有相關技術的高手卻不多，文盛西還稍微懂一些，馬朵根本是技術上的門外漢，那麼就只有歷隊的嫌疑最大了。

從正義俠做事的風格也可以推測出，此人是個頗有正義感並且行事很守規矩的人，完全符合歷隊的性格。當然，最主要的是，也只有歷隊有如此高超的技術可以駭進葉十三的伺服器。

「防護肯定是加強了，不但如此，他們還借機大肆炒作，擺出了弱者的姿態……」

商深將葉十三最新的反擊手法說出來，表情如常地道：「明天就會有一場波及到整個互聯網的大戰要上演了。」

「啊？」歷隊大吃一驚，搖搖頭說，「都是行銷高手呀，不管什麼事情到了你們手中，都能上升到商業運作的高度。以後我要好好向你們學習，這樣才能不管是做軟體還是硬體都可以保證成功。」

「哈哈，以歷哥的水準，還用得著向我們學習?!」商深大笑。

「怎麼不用？我已經想好了，什麼時候我累了倦了，就沉寂一陣子，利用兩三年的時間消化和吸收你們所有人的優點和特長，然後東山再起。」歷隊的眼睛在黑暗中閃爍自信的光芒。

若干年後，歷隊真如他自己所說的一樣，沉寂了幾年。之後重出江湖的他，做出了一件震驚整個互聯網業內的大事。相比他日後的成功，現在的他，完全是高山對比小草的差距。

第七章

風雲人物

畢京的目標很遠大，「試想一下，十幾年後，
包括聯想在內的所有國產電子品牌，以及IBM、HP、索尼等國際大牌，
都由我的工廠代工，等於我一人控制了全球百分之二十以上的製造業，
我該是怎樣舉足輕重的風雲人物。」

幾人說笑間，渾然沒有發覺有幾個人超過了他們，快步朝前走去。

如果讓商深發現超過他們的人全是他熟悉的面孔的話，他肯定不會再安步當車地前行了，一定會緊緊追隨在幾人身後，不讓幾人離開他的視線半步。

只不過他只顧著和歷隊討論和葉十三的大戰了，完全沒有留神到剛才擦肩而過的幾人，赫然是黃廣寬一行。

黃廣寬一行一共四人，黃廣寬、朱石、黃漢和寧二。沒錯，寧二也在。

寧二還沒有刑滿釋放，是黃廣寬托了崔涵柏的關係，疏通了一下，讓寧二保外就醫。保外就醫的寧二活蹦亂跳地在北京到處亂躥，昨天三里屯，今天後海，別說有重病大病，連感冒都沒有，比誰都健康。

黃廣寬前段時間回了趟深圳，今天剛來北京，晚上約崔涵柏談事。事情談得十分順利，就想續攤去唱歌，崔涵柏就訂了後海的一家酒吧，他先到一步，在酒吧裡面等候黃廣寬幾人。

「黃哥，爭取明天就和崔涵柏簽了協議，先拿到錢再說。錢不到手，心裡不踏實呀。」黃漢緊跟在黃廣寬身後，目光盯著後海泛著五顏六色燈火的湖面。

「不急，崔涵柏跑不了的，他現在已經完全被我玩弄於股掌之間了，我放個屁他都覺得是香的。現在需要下功夫擺平的是他的妹妹崔涵薇。」

黃廣寬露出猥瑣的笑容，目光落到對岸一個酒吧的大紅燈籠上，「今晚，我們就要和崔妹妹來一次不期而遇了。」

「崔涵薇？」朱石色瞇瞇的眼睛頓時冒出火光，「崔涵薇在哪裡？」

「崔涵薇跟你沒關係，你想都不要想。」黃漢推了朱石一把，「徐一莫你也不要想，崔涵薇是黃哥的，徐一莫是我的，如果還有剩下的你再挑。」

「憑什麼？」朱石眼睛一瞪，要和黃漢理論。

「就憑大黃哥和小黃哥都是我親哥。」寧二一挽袖子，朝朱石揮舞了幾下胳膊，氣勢洶洶的樣子很是嚇人。

牢獄生涯不但沒有使寧二收斂幾分，反倒更加兇惡了，他在牢中遇到了比他犯事多出幾十倍的道上老大，也碰到了膽小怕事卻因為無意中參與打架鬥毆被關進來的老實人，總之，形形色色的人都有。

在獄中一年，寧二絲毫沒痛改前非，反而更加堅定了他的人生觀——只有惡人才能橫行霸道，只有壞人才能為所欲為。想要發財，就得不擇手段；想要成功，就得欺男霸女。

在獄中，他跟著道上的老大學了許多為人處世的道理，也學了基本的防身本領。出來後，寧二感覺他如同脫胎換骨獲得了新生一般，不是向上向善的新生，而是向下向惡的新生。他覺得以前他都白活了，在德泉的時候，對付一個商深還畏手畏腳，現在如果再讓他向商深出手，他保證一腳下去讓商深半個月不能下床。

做人就必須要狠，量人非君子，無毒不丈夫嘛。對黃廣寬和黃漢，寧二抱著士為知己者死的心態，黃漢自不用說，黃廣寬和他素不相識，卻托人將他撈了出來，如此大恩大德，恩同再造，所以不管是誰，只要敢對黃廣寬半點不敬，他拼死維護。

朱石瞪了寧二一眼，想說什麼，見寧二一雙牛眼一樣的眼睛凶光畢露，心裡一虛，不敢說話了。

「其實我也不知道崔涵薇在後海，剛才崔涵柏打來電話，對我說他妹妹也在，讓我們儘量避開崔涵薇。哈哈，崔涵柏是好心好意，可惜他不知道，我想見崔涵薇還來不及，怎麼會避開?!我還特意問了崔涵薇的包廂號碼，崔涵柏還真是老實，二話不說就告訴了我。走，今天我們先會一會崔涵薇，一報當年在深圳的一箭之仇。」

黃廣寬一想到崔涵薇秀色可餐的美麗以及徐一莫青春健美的身材，就喜不自禁躍躍欲試。

聽到黃廣寬的話，黃漢和朱石都興奮得摩拳擦掌。晚上的時候他們都喝了不少酒，現在正是酒意上湧、半醉半醒的狀態，夜風一吹，迷離的燈光一照，再加上後海瀰漫的曖昧氛圍，幾人都激情澎湃了。

崔涵薇一行四人到了後海，來到預訂好的酒吧，上樓到了包廂，剛坐下，毛小小就到了。

毛小小是徐一莫的朋友，崔涵薇和藍襪都不認識。

長得小巧玲瓏的毛小小身高一米六，圓臉，長髮，大眼睛小鼻子小嘴巴，漂亮可愛，像個洋娃娃。雖然她個子不是很高，但身材比例十分協調，再加上她化了淡妝，眉如遠山眼如彎月，當前一站，精緻如畫。

徐一莫向崔涵薇、藍襪介紹她：

「毛小小，小毛毛，我的死黨、同學兼閨蜜，十歲認識我之後，就再也沒有分開過，直到現在，我們還是親密夥伴。」

毛小小朝崔涵薇、藍襪甜甜地一笑：「薇薇姐好，藍姐姐好。一莫天天說起你們，一直沒有機會見面，現在總算認識了，再不認識，我都老了。」

毛小小一開口，崔涵薇和藍襪就喜歡上她了，不說她柔軟帶著江南口音的普通話，只說她漂亮可愛又有幾分天然萌的長相，就有男女通殺的魅力。

崔涵薇和藍襪一左一右拉著毛小小的手，坐下開始聊天。女孩子在一起總有說不完的話題，有時一個雞毛蒜皮的小事就可以說上半天。

說了一會兒話，徐一莫看了看表：「商深他們怎麼還不到？會不會迷路了？我出去接他們一下。」

崔涵薇正要開口阻止徐一莫，商深這麼大人了，怎麼可能迷路，他又不是沒來過後海，而且他在北京還上過幾年大學，不料還沒有來得及開口，徐一莫動作太快，已經到了門口。

徐一莫伸手拉開門，還沒有邁出一步，瞬間愣住了，只見她一步步後退，退回了房間。

「怎麼了，一莫？」崔涵薇嚇了一跳，一看，頓時驚呆了，四個人陸續進入房間，卻不是商深他們，而是黃廣寬、朱石和另外兩個陌生人。

黃漢和寧二，崔涵薇不認識，不過只看一眼她就有了結論，這兩人都不是什麼好鳥。

「崔大小姐，我們又見面了，哈哈，真是人生無處不重逢，重逢猶如在夢中。」黃廣寬哈哈一笑，大馬金刀地坐在主位上。

「怎麼樣，現在是你的主場了，你想怎麼好好招待我這個遠道而來的尊貴的客人？」

「尊貴個屁！」徐一莫見識過黃廣寬的嘴臉，想起當年深圳的一幕她就氣不打一處來，一把推開擋在前面的黃漢，就要奪門而出，「在北京，沒有你們撒野的地方！」

「站住！」寧二雙手交叉，擋住了徐一莫的去路，「想走，沒門。」

「你這個攔路狗讓開就有門了。」徐一莫伸手想要推開寧二。

寧二任由徐一莫的手推到他的肩膀上，並不還手，只一晃動肩膀，徐一莫的手就被彈開了。徐一莫「哎喲」一聲，感覺手腕火辣辣地疼，見寧二滿臉兇惡，不敢硬闖，退了回去。

「都說北京人大氣，但凡來了客人，必定好吃好喝好招待，可剛才一見，不是那麼回事兒啊。崔大小姐，上次在深圳我請了你，現在我到北京，你不請我，你覺得說得過去嗎？」

黃廣寬擺出得理不饒人的架勢，斜著眼看著崔涵薇，要的就是逼崔涵薇無路可退。

「怎麼著，連頓飯也請不起？」

「好吧，想吃什麼，儘管點。」

崔涵薇將心一橫，不能讓黃廣寬在面上挑了理，反正是在北京，相信黃廣寬也不敢亂來。

「這是酒吧的包廂，也沒什麼好吃的，再說我們也吃過飯了，不想再吃東西了。這樣吧，來到酒吧不喝酒，豈不是白來了？今天我們就以酒會友。」

黃廣寬衝黃漢一點頭。黃漢會意，轉身出去，不多時回來，後來跟著服務生。服務生搬了五箱啤酒。

「五箱啤酒夠不夠？不夠再要。」黃廣寬哈哈一笑，一拍桌子，「啤酒全部打開，一個也不要留。」

五箱啤酒，足足六十瓶，全部打開後，擺了滿滿一桌子。黃廣寬一方四個人，崔涵薇一方也是四人，總共八個人，合計每個人七瓶半啤酒。

崔涵薇不動聲色，徐一莫也恢復了平靜，坐在崔涵薇旁邊，目光沉靜，藍襪淡定如常，彷彿面前擺滿的不是酒瓶而是花瓶一樣。只有毛小小嚇得瑟瑟發抖，就像受到驚嚇的小貓，蜷縮在徐一莫懷中，不敢多看黃廣寬幾人一眼。

黃廣寬掃了一眼場中的局勢，心中有了計較，知道勝算在握，哈哈一笑，拿起一瓶啤酒，一口氣喝乾：

「正好雙方各四個人，就不講究什麼策略了，一對一單挑，乾脆直接。崔大小姐，也別說我欺負你，在深圳的時候，你可是狠狠地欺負了我一次。這一次，我們光明正大地較量一番，你說呢？」

「好。」崔涵薇不慌不忙地看了徐一莫幾人一眼，「黃總，你遠來是客，本來應該讓你幾分，但你們都是男人，男人比女人有天生的體力和酒量優勢，一比一的話，我們肯定會輸。而且我們一方還有一個不會喝酒的小毛毛，不如這樣，我一人和黃總還有朱石兩個人同時喝，一莫和他，藍襪和他，怎麼樣？」

崔涵薇為徐一莫安排的對手是寧二，藍襪的對手自然就是黃漢了。

黃廣寬看了毛小小一眼，知道毛小小沒有任何威脅力，也就沒有多想：

「好，既然崔大小姐爽快，我還能再說什麼？兄弟們，上！」

這句話很有挑動性，朱石、黃漢和寧二一聽，個個躍躍欲試，湊了過來，坐在崔涵薇幾人的對面。幾個人眼睛都直了，崔涵薇的美麗自不用說，徐一莫的健美是黃漢和寧二從未見過的，而藍襪的安靜讓她平添了幾分神秘的色彩，向來神秘的女子都容易激發男人的征服欲。

幾個回合下來，六十瓶啤酒下去了一半，崔涵薇一方都有了六分醉意，崔涵薇還好，還努力保持清醒，徐一莫卻雙頰飛紅，醉眼朦朧，伸手五根手指在寧二的面前晃了晃：

「這是幾？」

寧二酒量不錯，如果不是之前已經喝了不少白酒，現在的他一點兒事也沒有，雖然此時有五六分醉意，但還是比徐一莫清醒多了。

他見徐一莫小手在眼前晃來晃去，心癢難止，伸手去抓：「五……你當我不識數呀？」

「你要喝五瓶？好呀好呀。」徐一莫的手迅速收了回去，讓寧二抓了個空，嘻嘻一笑，「你自己說要一口氣喝五瓶，可不是我逼你的。」

「我……我哪裡說了？」寧二才知道上當了，耍賴不認帳，「我沒說喝五瓶。」

「那你說幾瓶？」徐一莫伸出四根手指，「知道這是幾嗎？」

「四……」

「好吧，原來你要喝四瓶，喝呀，說話算話。」徐一莫拍手叫好，「快喝，是男人就得說話算話。從你臉上的傷疤還有你的長相可以看出，你是個很爺們的男人。北方爺們向來說一不二，從來不幹丟臉的事，對不？」

「對！」

寧二如果有頭腦就不會坐牢了，徐一莫人美如玉，嘴甜如蜜，他如果還能招架得住，他就不叫寧二而叫寧大了，頓時頭腦一熱，左手右手各拿了一個酒瓶，一仰脖子喝了個精光。然後二話不說，又一口氣喝光了兩瓶。

酒吧的啤酒雖然是小瓶，但一瓶也有三百五十毫升。一個人的酒量大小有時和速度也有關係，喝得過急過快，平常一斤酒量的人也許半斤就會醉倒。

寧二就吃了過急過快的虧，四瓶啤酒下肚之後，只覺一陣天旋地轉，險些支撐不住。他努力揉了揉臉，想堅持住，卻只看到徐一莫的四根手指在眼前晃了晃，就一頭栽倒呼呼大睡了。睡著前的最後一個念頭是，怎麼會是四根手指而不是五根呢？

寧二一倒，黃廣寬一方就少了一員幹將。黃廣寬見狀，知道照此下去，會被崔涵薇一方各個擊破，決定速戰速決了。

「崔大小姐，你以一敵二，我和朱石佩服你。但也顯得太欺負你了，這樣吧，我和你一對一吧，雖然有客隨主便的禮儀，但我遠道而來，作為主人，總要禮讓客人一下吧？」

崔涵薇也有了五六分醉意，心中著急萬分，商深怎麼還不來，如果商深幾人到了，還用得著她出面和黃廣寬周旋？她之所以和黃廣寬虛與委蛇，是想拖延時間等商深到來，讓商深好好收拾黃廣寬一頓，讓黃廣寬之流長長記性。

不過，崔涵薇忽然想到一個問題，為什麼黃廣寬知道她們在哪個房間？不可能是黃廣寬湊巧走錯門，正好撞到她們，那麼問題出在哪裡？

如果讓崔涵薇知道是自己的哥哥崔涵柏透露了房間號碼，她肯定會氣得大罵崔涵柏一頓。

雖然徐一莫喝倒了寧二，但黃廣寬一方依然有足夠打敗她們三人的實力，黃廣寬自不用說，黃漢也是酒量驚人，好吧，就算朱石酒量稍差，但只憑黃廣寬一人喝倒她和徐一莫、藍襪完全沒有問題。藍襪的酒量太有限了。

冷靜地分析了一下場中形勢，崔涵薇知道，作為在地北京人，理應表現出應有的待客之道，雖然黃廣寬不算客人，更不是好人，但面子上的事情還得應付過去。

怎麼辦？崔涵薇朝徐一莫望去。

徐一莫此時已經接近喝醉邊緣，她和崔涵薇心意相通，知道崔涵薇之所以應付黃廣寬是在等商深他們，想來個甕中捉鱉。但她酒量實在有限，商深如果再不來，她可就真的支撐不下去了。

不過再難受也不能現在認輸，她朝崔涵薇點點頭，伸手做了一個「OK」的姿勢。崔涵薇看了，一咬牙，拼了！

她將三瓶啤酒擺在自己面前，又數了六瓶推到黃廣寬面前：

「黃總，你是客人，北京人的待客之道，就是一定要讓客人喝好，所以，你和我一對一我沒意見，但你只能比我喝得多，才顯得我熱情好客。再說，你身為男人，也應該有紳士風度，對不？」

「我是男人不假，我有紳士風度……」黃廣寬嘿嘿一陣奸笑，「好，我喝。」

隨後，黃廣寬一口喝乾了三瓶啤酒，然後停下來：「我先喝三瓶，崔妹妹，你陪我三瓶。喝完後，我再喝剩下的三瓶，怎麼樣？」

崔涵薇想了想，同意了，咬牙喝完了自己的三瓶，然後示意黃廣寬：「黃總，該你了。」

「哈哈哈哈……」黃廣寬哈哈大笑，將眼前的三瓶啤酒推到一邊，「不好意思，我耍賴，不喝了。」

崔涵薇才知道上當了，臉色一沉：「黃總這麼做就沒有意思了。」

「我就沒有意思了，你怎麼著吧？」黃廣寬色狼加無賴的嘴臉露了出來，猛地一拍桌子，「今天我讓你們插翅難飛。」

話一說完，朝朱石使了一個眼色。朱石會意，拍了拍寧二的肩膀，寧二迷迷糊糊又醒了過來，朱石拉過寧二站在門口，不讓任何人進出。

「上次在深圳，我被你和商深那個混蛋擺了一道，這麼長時間以來，我可是一直對你念念不忘，現在遇見了，就是緣分。既然有緣分，就要珍惜不是？」

黃廣寬酒壯色膽，伸手朝崔涵薇的臉蛋摸去。

也是此時的崔涵薇粉面如玉，酒意上湧，更襯托得她豔如朝霞，再被迷離的燈光一打，又多了幾分朦朧美，別說黃廣寬了，任何一個正常男人也會為之怦然心動。

崔涵薇早就提防著黃廣寬的偷襲，黃廣寬一有所動作，她就閃到一邊，躲過了黃廣寬的鹹豬手。

「黃廣寬，請你自重！」崔涵薇臉色一寒，冷若冰霜，「放尊重點，如果你再動手動腳，別怪我不客氣了。」

「我最不喜歡別人和我客氣了，你越和我不客氣，我越喜歡你。」黃廣寬得寸進尺，站了起來，想要坐到崔涵薇身邊去摟抱崔涵薇。

崔涵薇起身躲開，拿出手機：「你再敢放肆，我報警了。」

「報警？哈哈，你以為你一個電話，警察就能過來救你？就算警察這麼負責，他們趕過來也晚了。」黃廣寬酒意上湧，色心大起，猛然朝前一撲，「信不信老子現在就辦了你？」

「滾開！」

崔涵薇嚇得花容失色，朝後一閃，後面有沙發，她一下子坐在了沙發上，而黃廣寬來勢不減，眼見就要撲在她身上時，忽然徐一莫發作了。

「混帳王八蛋！」

徐一莫雖然差不多要醉了，見到黃廣寬如此無恥地想要非禮崔涵薇，哪裡還按捺得住，飛起一腳踢中了黃廣寬的大腿。

徐一莫平常注重運動鍛煉，不僅身材健美，動作更是強而有力，是以一腳飛出，力度不輕，黃廣寬猝不及防，被踢得橫飛出去，一頭撞在沙發上。

「我X！」見黃廣寬被打，寧二急眼了，黃廣寬在他的心目中就是神一樣的存在，誰也不能動他一根手指，不管是誰，只要動了黃廣寬，他必定十倍償還。

「找死！」寧二身子如豹子一般朝前衝去，右手抄起一個酒瓶，掄圓胳膊，朝徐一莫當頭砸來。

毫無憐香惜玉之心的寧二發起狠來，出手就是要命。

徐一莫每天都鍛煉身體，跑步游泳樣樣精通，但就是不會打人。不過強身健體在關鍵時刻總會有用，寧二出手的速度極快，換了一般人根本就躲不開，徐一莫身子一錯一轉，原地打了個轉，居然躲開了寧二的致命一擊。

寧二愣了愣，沒想到徐一莫身形這麼靈活，狂叫一聲，再次朝徐一莫衝了過來。

徐一莫畢竟是女孩子，被寧二凶光畢露的架勢嚇住了，只知道步步後退，連還手都忘了。眼見她馬上要被寧二的酒瓶砸中之時，突然一個物體憑空飛來，不偏不倚正中寧二的面門。

「哎喲！」寧二痛呼一聲，雙手捂著鼻子蹲在地上，鮮血奔湧，流得滿臉都是。

原來他被一隻酒瓶擊中了鼻子，最氣人的是，還不是空酒瓶，是滿滿一瓶酒的酒瓶，當即被砸得滿臉開花，鼻子酸痛難忍。

正是剛才蜷縮在徐一莫身邊，如受驚的貓咪一般的毛小小。毛小小雖然身材沒有徐一莫健美，但她平常也勤於健身，扔東西的準頭很高。

見己方第一個回合居然沒有討了好，黃廣寬勃然大怒，連幾個女孩都收拾不了，太丟人了。他盛怒之下，再也顧不得形象，直接脫了上衣，光著膀子，跳上桌子，高舉右手：

「兄弟們，我們都是經久沙場的戰士，難道連幾個黃毛丫頭都收拾不了？如果擺不平她們，以後就不要泡妞了，自宮算了。」

黃廣寬的振臂高呼激發了幾人鬥志，尤其是蹲在地上的寧二，一下就跳了起來，胡亂擦了把臉，猙獰如鬼，獰笑一聲，再次朝徐一莫撲了過去：

「老子不擺平你，就不是寧二！」

環境可以放大一個人的善心，也可以激發一個人的醜陋，更何況對朱石來說，他壓根就沒有一絲善心可言。他本來一直對崔涵薇和徐一莫有非分之想，但現在崔涵薇有黃廣寬對付，徐一莫由寧二出手，他不好去和二人爭搶，就只能朝藍襪下手了。

藍襪比不上崔涵薇美麗、也不比徐一莫健美，卻有著與眾不同的靜態美，朱石平常在風月場所見的全是庸脂俗粉，哪裡見過藍襪一般如水的女孩，立刻心癢難止。

本來他還不敢太放肆，因為黃廣寬沒有表現出迫切地要對崔涵薇幾人下手的意圖，現在黃廣寬發話了，朱石立刻也露出了色狼本質，如餓虎撲食一般直朝藍襪撲去。

黃漢見每個人都有了目標，只為他留下一個楚楚動人的毛小小，毛小小的柔弱驚恐激發了他的獸性，他搓了搓手，嘿嘿一笑，朝毛小小直撲而去。

現在房間內已經亂作一團，幾個女孩就算躲得過黃廣寬等人的第一波襲擊，也躲不過他們一再的進攻，如果商深再不出現的話，崔涵薇幾人必定難逃被猥褻的命運。

葉十三和伊童、畢京一起吃過晚飯後，伊童提議到後海繼續喝酒。

畢京不太願意，他心情不好，想早點回家休息，但葉十三一句話又讓他改變了主意。

「一起喝點兒酒，順道聊聊我和商深的大戰。我已經有了一個系統的思路，你幫我分析分析。」

畢京因為范衛衛的出爾反爾而心情極差，他既對商深恨之入骨，又痛恨范衛衛的絕情。雖然范衛衛先答應當他的女朋友然後又甩了他和商深無關，他卻還是把過錯算到了商深頭上，所以葉十三和商深的較量，他比誰都希望商深一敗塗地。

到了後海，找了家臨水的酒吧，幾人叫了幾瓶酒，邊喝邊聊。

葉十三察覺到畢京的不快，也知道畢京的心結出在哪裡，畢京和范衛衛與商深見面的事，他也聽說了，就開導畢京想開一些，商深和范衛衛分手已經是既定事實，范衛衛在空虛之下，會十分渴望一個依靠，只要他總是在范衛衛身邊出現，贏得范衛衛的芳心不過是時間問題。

在葉十三和伊童的勸慰下，畢京的心情稍微好了許多，心想當時范衛衛的表現是正在氣頭上所做出的正常反應，等她氣消之後，一定會重新收拾心情，迎接一個全新的戀情。

「對了十三，你和商深的大戰，最後會以一個什麼結局收場？你有沒有想過？」畢京很關心葉十三和商深的較量，也知道葉十三有意將戰火點燃整個互聯網。

「想好了。」

葉十三喝了口啤酒，冰鎮啤酒一入肚，帶來涼爽的同時，又有一絲麻醉的感覺，他心中豪氣陡生。

「最後的結局就是，中文上網網站大獲全勝，商深的電腦管理大師成為眾矢之的，一敗塗地，從此退出歷史舞臺。」

「這麼自信？」

畢京並不十分清楚葉十三和商深大戰的過程以及細節，雖然他也希望葉十三獲勝，但對葉十三過於自信的姿態還是有幾分懷疑，「商深真能被你擺弄於股掌之間？」

「若論技術和程式設計，我承認我不如商深。但說到商戰策略和借力打力的手段，我相信商深遠不如我。」

葉十三和畢京碰了碰酒瓶，「不瞞你說，畢京，我承認一開始和商深的較量，商深打了我一個措手不及，讓我有點不知所措，但現在，我已經完全理順了思路，並且做出了每一步的規劃，相信商深對這一場的較量還沒有上升到全域的高度，以為只是我和他的較量。他想不到的是，已經有越來越多的人明裡暗裡加入到戰團之中，不用多久，就會上升成為一場波及整個互聯網的大戰。如果持續時間夠長的話，一直戰鬥到兩千年，就成了世紀大戰了，哈哈。」

對葉十三的自信，伊童深以為然，點頭一笑，舉杯朝葉十三示意，然後一飲而盡。

畢京笑道：「既然你這麼有信心，我就不說什麼了，預祝你馬到成功名滿天下。再祝福你們喜結連理，百年好合。」

「胡鬧。」伊童嗔罵了畢京一句，「我和葉十三現在只是互有好感的階段，離確定戀愛關係還早，更不用提結婚了。倒是你，畢京，你已經贏了商深，第一個人生目標算是實現了，下一個目標是什麼，想好沒有？」

「想好了，下一個目標是收購幾家工廠，力爭在十年之內打造一家超越富士康的大型製造集團。」

畢京的目標很遠大，「試想一下，十幾年後，包括聯想在內的所有國產電子品牌，以及ＩＢＭ、ＨＰ、索尼等國際大牌，都由我的工廠代工，等於我一人控制了全球百分之二十以上的製造業，我該是怎樣舉足輕重的風雲人物。」

伊童不動聲色地笑了，畢京的目標太好高騖遠了，他現在只是一個年產值幾百萬的小工廠的老闆，卻做著成為跨國製造集團的美夢，就如一隻螞蟻想要成為一頭大象一樣，完全是不切實際的空想。

葉十三卻不這麼想，鼓勵畢京：「夢想一定要有，萬一實現了呢？成為跨國製造集團也許不是件難事，想想微軟一類的互聯網公司，在短短幾年間就創造了上百億美元的市值。不過我提醒你，畢京，實體製造業雖然是基礎產業，但在互聯網時代，只是互聯網公司的附庸，甚至會淪落為互聯網巨頭的代工工具，被互聯網巨頭擺弄於股掌之間。」

「怎麼會？」畢京不贊成葉十三的理論，「互聯網公司有什麼？根本是空殼，空中樓閣！如果沒有製造業的支撐，不過是畫餅充饑罷了。十三，不信走著瞧，早晚各大互聯網公司會臣服在我的腳下，因為我掌握了最根本的命脈。就如我們現在在酒吧裡喝酒唱歌一樣，都建立在建築物的基礎之上，沒有這座房子，所有的歡樂都不復存在，你說呢？」

葉十三不想和畢京辯論，畢京的思維還停留在古早階段，不但不是互聯網思維，連互聯網發展的思路都沒有跟上。

「對了，范衛衛碰壁了。」伊童轉移了話題，說到范衛衛身上。「范衛衛想招聘員工，結果人家一聽她是還沒有成立的創業公司，都當場拒絕了她。有兩個人甚至說，他們會選擇去微軟，也不會去一家還沒有成立的中國互聯網公司。中國的互聯網公司就算成立了，以後也會是山寨公司。范衛衛被嘲笑了一番，氣得差點摔杯子，哈哈。」

畢京也笑道：「換了我，我也會選擇去微軟而不是去范衛衛的公司。現在國內互聯網的創業公司太多了，可以說多如牛毛，最終大浪淘沙，能生存下來的估計不過十之一二。十之一二中，能做大做強的，也不過百分之一。這樣算下來，一萬家互聯網公司中才有可能成功一家大型互聯網公司。但即使是這樣的萬分之一，和微軟也不能相提並論。在面臨去微軟得到一份高薪工作，和去賭萬分之一的成功可能的選擇時，百分之九十九以上的人都會選擇去微軟。」

畢京還在微軟工作，一是微軟的工作收入不菲，二是他還可以忙得過來，不必非要辭職全身心投入到工廠中，三是微軟的名氣畢竟大，說出去面上多有光。

「我的幾個同事都是在面臨來微軟還是去絡容、索狸的選擇時來了微軟。連絡容和索狸都遠不如微軟有號召力，何況范衛衛的無名小公司了。」

「不過我反倒看好范衛衛的公司。」葉十三卻和伊童、畢京有不同的看法，「微軟再龐大再有名氣，只是美國的公司，絡容、索狸還有范衛衛的無名公司再小，也是中國人開的公司。中國人就應該支持自己國家的公司。而且從目前中國互聯網發展的態勢來看，中國的互聯網公司總有一天也會成為世界上舉足輕重的跨國集團公司之一，就算比不了微軟，也會超過亞馬遜。」

亞馬遜是在一九九五年由傑夫·貝佐斯成立的，一開始叫Cadabra，性質是網路書店。然而具有遠見的貝佐斯看到了網路的潛力和特色，因此以地球上孕育最多種生物的亞馬遜河重新命名，於一九九五年重新開張。並在一九九七年成功上市。

作為美國電子商務的龍頭老大，亞馬遜的市值規模雖然不如微軟，但也是互聯網時代最先成功的一批開拓者，具有引領時代潮流的意義。

「哧……」畢京輕蔑地笑了出來，「就憑中國的環境，還想出現超越亞馬遜的公司，只能說是癡心妄想。不是我說你，十三，你太看好中國互聯網的未來了。作為朋友，我不得不提醒你，互聯網本身就是一個泡沫，想賺快錢還可以，想作為終身從事的長遠職業還是別做夢了。趁能全身而退的時候儘快收手，然後賣個好價錢，說不定可以一輩子衣食無憂。」

葉十三還想再和畢京爭論一番，想了想，覺得沒有必要也沒有意義，未來掌握在自己手中，與其費盡口舌去說服畢京，還不如專心做好自己的事業，用成績和實力說話。

伊童的心理比較矛盾，她既相信中國互聯網的未來，又怕萬一泡沫破滅，來不及全身而退，前期的努力就功虧一簣了。很多時候她患得患失，一方面想等公司估值最高時賣出，另一方面又擔心隨時出現的泡沫會導致崩盤。

伊童對互聯網未來信心不足，畢京對互聯網未來信心全無，而葉十三對互聯網的未來卻信心十足。三個人中，葉十三的看法最為正確。

若干年後，拒絕范衛衛邀請的幾名去微軟的高材生，迎來了人生悲哀的落幕。

人生的選擇往往在一念之間，一念之差便是天淵之別。因為微軟MSN在中國市場被企鵝打得一敗塗地，沒有還手之力而黯然收場，微軟因為戰略策略失利，MSN在中國的市佔率逐年下滑到了沒有存在感的程度，只好選擇關門大吉。

ＭＳＮ的關閉，讓原先放棄去代俊偉公司的幾人被合併到別的部門。幾人剛剛混到中層的位置，卻又要到新的部門從新開始。

人生最大的悲哀，莫過於努力了十幾年卻驀然發現之前所做的一切都是無用功，幾人傷心之餘，結伴到酒吧借酒澆愁。結果在酒吧遇到了另外幾個慶祝升遷的互聯網從業者，正是若干年前和他們一起應聘代俊偉公司時被他們看不起的失敗者。

當時他們是名校畢業，又有留學經歷，身分自然比幾個不是一流名校畢業的強了不少。最後他們選擇了微軟，對方選擇了代俊偉的公司。

這些年過去，對方由於是最初創業者的身分，名下都持有公司的股份，並且都升到了管理階層的位置。年薪在百萬以上不說，公司的上市也讓他們身價水漲船高，身家千萬、上億都不在話下。

想起當年拒絕代俊偉時的意氣風發，再看看現在的落魄，他們才明白原來當年自認的正確選擇竟是一個莫大的諷刺。

人生有時會開一個讓人輸不起的玩笑，十年河東十年河西，古人的話，還真是幾千年智慧的結晶。

至於葉十三所說會有超越亞馬遜的互聯網公司的出現也應驗了。不過超越亞馬遜的公司和他沒什麼關係，卻和商深關係大了。

又聊了一會兒未來和人生，葉十三和畢京都喝多了，二人攙扶著去洗手間。

路過一個包廂的時候，聽到裡面有吵架的聲音，畢京沒有在意，喝多了打架罵人的事常有發生，不足為奇，但葉十三卻愣住了，因為他聽出來，裡面有崔涵薇說話的聲音。

再一聽，原來還有黃廣寬等人。仔細一聽，聽出了大概，是黃廣寬等人想要非禮崔涵薇。葉十三最恨強迫女人的男人，何況強迫的又是他的女神崔涵薇，當即一腳踢開門，衝了進去。

「住手！」

葉十三趕到之際，正是一幫人眼見就要得手之時，他一聲怒吼，震驚了所有人。

黃廣寬被葉十三壞了好事，頓時惱羞成怒：「葉十三，你他媽的能不能立馬滾蛋，我看到你就煩！快滾！」

「事不關己，高高掛起。」畢京不想介入其中，一拉葉十三，想要拖走他。

「膽小鬼！」葉十三一把甩開畢京，向前一步，和黃廣寬怒目而視，「黃廣寬，今天有我在，你別想得逞。」

話音剛落，寧二就出手了。寧二才不管葉十三是誰，只要和黃廣寬作對，就是他打擊的對象。

寧二飛起一腳，踢中葉十三的屁股。葉十三沒有防備，身子朝前一撲，撲到黃廣寬的懷中。他雖然受到襲擊，卻依然保持了應有的冷靜，借力打力，順勢推出雙手，結結實實地推在黃廣寬的胸膛上。

黃廣寬一下被推倒了，頭一仰，摔在沙發上。不過頭卻碰在了桌子角上，咚的一聲巨響，光聽上去就知道一定很疼。

黃廣寬怒極，用手一摸，頭上鮮血直流，他隨手抄起一個酒瓶，當頭就朝葉十三的腦袋砸去。

「老子廢了你。」

寧二向前一步，雙手抱住葉十三的雙肩，葉十三動彈不得，無法躲避，只能眼睜睜看著酒瓶從天而降。

畢京再不出手就太不夠朋友了，雖然他很不願意多管閒事，尤其是崔涵薇幾人的事。但葉十三眼見要不敵，他不能見死不救，只好一咬牙，低頭直朝黃廣寬撞了過去。

他原以為可以衝到黃廣寬面前，阻止黃廣寬對葉十三的出手，不料他才一有動作，就被人攔腰抱住了——是朱石出手了。

朱石打架的水準一般，但要賴的本事高明，他攔腰抱人的手法雖然無賴了些，卻很管用。畢京被他抱住，左右掙扎，卻無濟於事。

要說配合打架的默契，葉十三和畢京與黃廣寬等人相比，自然差了許多，黃廣寬靠走私起家，行事從來不走正路，打架逞兇是常有的事，久而久之，自然練就了打架時各司其職、配合無間的本事。

「哈哈。」黃廣寬大笑一聲，揚手一個耳光打在葉十三的臉上，「多管閒事多吃屁，葉十三，今天我就讓你好好長長記性……」

邊說，邊舉起酒瓶，朝葉十三的頭上砸去。

「不要！」

崔涵薇驚呼一聲，雖然她不喜歡葉十三，但葉十三是為她挺身而出，她不能坐視不理，但她又沒有能力救下葉十三，只好眼睜睜看著葉十三即將被砸得頭破血流。

「黃、廣、寬！」

就在黃廣寬即將得手之時，一個聲音在門外響起，第三個字出口時，人已經到了房間中。

來人一現身，片刻也不停留，欺身上前一步，出掌如刀，出手轉身，整個動作一氣呵成，乾脆俐落，宛如兔起鶻落，在黃廣寬還沒有來得及看清來人是誰時，手中的酒瓶已經被人奪了過去。

黃廣寬一愣，察覺到危險的逼近，正要退後一步時，來人顯然已經預料到他的下一步，再次向前一步，雙手平平推出，雙掌瞬間印在黃廣寬的胸膛之上。黃廣寬悶哼一聲，被來人的雙掌直接推出一米開外，頭下腳上，當即摔了個仰面朝天。

見黃廣寬被打，寧二放開畢京，一個箭步向前，想加入戰團。不料他才一邁步，身後一股勁風襲來，想回身躲閃已然晚了一步，被一隻大腳正中後背。寧二一頭栽倒在地上，摔了個狗吃屎，連門牙都摔掉了一顆，頓時血流如注。

第八章

借力打力

「好一手漂亮的借刀殺人。」

馬朵不是十分清楚祖縱和商深、崔涵薇之間的關係，但大概也可以看出來，

商深是成功地借助了祖縱之手，達到了痛打落水狗的效果，

「以後如果用到商業上，就是非常高明的借力打力了。」

朱石大驚失色，回頭一看，暗道一聲不好，對方來勢洶洶，不是一人，而是好幾個人。驚慌之下，顧不上再抱緊葉十三，一晃神間，葉十三掙脫了他的雙臂，頭猛然朝後一仰，腦袋和他的面門來了一次親密接觸。

「啊！」朱石被碰得鼻血橫流，巨痛之下，頓時失去了抵抗力，當即蹲在地上。剛一蹲下，葉十三的拳頭又到了，一拳正砸在他的左臉上，將他打得橫飛出去。

黃漢也算是久經沙場的老將了，卻沒有看清到底發生了什麼事，等他清醒過來看清場中的形勢之後，他們四人中已經倒下了三人。

這是什麼情況？黃漢有點懵了，對方的配合也太有默契了，才一個照面就打倒了己方三個人，到底是何方神聖，怎麼會這麼厲害？

一想，黃漢忽然感覺哪裡不對，己方四個人，三個人倒下，對方出手不但又穩又準又狠，肯定也不會放過他，怎麼還沒有對他出手？

驀然感覺背後發冷，頭皮發麻，黃漢自從離開北京遠走深圳後，很久沒有害怕的感覺了，突然心驚肉跳起來，顧不上回頭，當即朝旁邊一跳，想要躲開背後的致命一擊。

幾人中，黃漢是最機靈最有心機的一個，但再機靈再有心機，也躲不開對手精心設計的佈局。至此黃漢已經意識到了一個嚴重的失誤，崔涵薇之前故意拖延時間，就是為了等救兵的到來。而救兵來到後，不管是從打法的配合以及出手的安排上，都如同一個訓練有素的團隊。

是的，就是團隊。

單兵作戰和集體作戰大不相同，單兵作戰勇者勝，集體作戰就要講究策略和戰術了。如果策略和戰術明顯不如對方，那麼你比對方多了一倍兵力有餘，也有可能一敗塗地。

對方一共四人，如果再算上葉十三和畢京的話，就是六個人，在數量上已經佔了優勢。但數量上的優勢不是關鍵，以前黃漢曾經有過一人單挑三個，把對方打得落花流水的記錄。關鍵是，對方配合得天衣無縫，而且氣勢如虹。

黃漢知道此戰必敗無疑，但他還不甘心，想要力挽狂瀾。力挽狂瀾就要先拯救中流砥柱，誰是中流砥柱？黃廣寬。

黃廣寬被推倒後，半天沒有起來。正要掙扎著爬起來時，黃漢如一道驚人的閃電，穿過人群的縫隙朝他飛奔而來。

關鍵時候還是黃漢靠得住，黃廣寬瞬間被感動了，險些流下幸福的淚水。

然而他的感動持續了不到兩秒鐘，黃漢飛奔的身子突然騰空飛起——也不是騰空飛起，而是他被絆了一下，由於速度過快，導致他如同大鵬展翅一般飛起，直直朝黃廣寬墜落下來。

「啊！」

黃廣寬驚恐地瞪大眼睛，想要躲開已經來不及了，被黃漢砸了個正著。可憐的黃廣寬被砸得悶哼一聲，眼睛一翻，險些閉過氣去。至此，黃廣寬一方四人，已經全部倒地不起。

「商深，你怎麼才來？再晚一會兒，我們就要慘了。」

崔涵薇被剛才的變故驚得眼花繚亂，現在才看清出手救人的是商深，不由又喜又嗔。

「其實我們早就到了，特意在外面等了一會兒才進來。」

商深邁過倒在地上的黃廣寬和黃漢，微微一笑來到崔涵薇身邊，伸手抱住崔涵薇的肩膀，解釋道：「為了更好地配合你關門打狗的策略，我們先商量好了分工合作，確保只要一出手就肯定可以一窩端之後才動手。」

「你就不怕我被人占了便宜？」崔涵薇心裡甘甜如蜜，商深能猜到她的策略，就說明她和商深越來越有默契了，不過她還是對商深的姍姍來遲大感不滿，「照時間推算，你們早就該到了。」

「是早該到了，不湊巧，正好遇到崔涵柏，就聊了幾句，耽誤了時間。不過還好，在崔涵柏身上耽誤的時間，應該在黃廣寬身上補回來了。」

商深自得地笑了，想起剛才和崔涵柏的對話，心裡更堅定了他的想法。

「啪啪！」商深拍了兩下手掌，「歷江，讓崔涵柏進來吧。」

門一開，崔涵柏一臉灰色和憤怒地走了出來，他二話不說來到黃廣寬面前，抬腳踢了黃廣寬一腳，怒道：

「黃廣寬，你太無恥了。商深說你一直在打薇薇的主意，賊心不死，我還不信，還一直為你開脫。結果你倒好，明是和我來喝酒，暗中卻來非禮我妹妹，你打臉也打得太狠了吧？我告訴你黃廣寬，從現在開始，我和你一刀兩斷，中止所有的生意和合同！」

說完，崔涵柏回頭朝商深看了幾眼，想說什麼又咽了回去。

崔涵柏的氣，一半是因為黃廣寬的言而無信，讓他感到了受騙的屈辱，另一方面也是他剛才和商深的一番對話。

剛才在走道遇到商深，商深大感訝異崔涵柏也在。崔涵柏既是炫耀，也是有意讓商深在他朋友面前面上無光，說來後海並非只是為了放鬆，而是在談一筆上千萬的生意。

「後海是個小資情調濃郁的地方，小資很多，真正的大人物就很少了。所以對方非要來後海談判，我一開始是拒絕的，因為我覺得後海不是一個談大生意的地方。但對方就喜歡後海的調調，沒辦法，畢竟是上千萬的大生意，只好屈就一下啦。」

崔涵柏一邊說，還一邊審視商深的幾個朋友，見馬朵沉穩有度、歷隊不動如山、歷江躍躍欲試，驚訝商深什麼時候在北京也有了一幫這麼奇形怪狀的朋友之餘，更對商深多了幾分鄙夷。商深這群人加在一起，別說談上千萬的生意了，估計連一百萬的鉅款都沒有見過吧。

商深卻沒接崔涵柏的話，崔涵柏的炫耀正好暴露了他的無知，商深淡淡一笑：「你能和誰談上千萬的生意？除了黃廣寬。」

「黃廣寬怎麼了？黃廣寬就是比你有錢。」聽出商深語氣中對黃廣寬的不屑，崔涵柏頓時氣不打一處來，「你不要嫉妒黃廣寬比你有錢，有本事你超過他。嫉妒是一個男人最無能的表現！」

「哈哈。」商深反倒被崔涵柏的話氣笑了，「黃廣寬比我富比我窮，對我來說都一樣，沒有什麼意義，因為他是人品上的窮人，我不會和人品上的窮人打交道做生意，哪怕他再有錢再有影響力也不行。對了，你不是說要和黃廣寬談生意，他人呢？」

「剛才我聽到他的聲音，以為他到了，出來一看，原來還沒來，就正好碰到你們了。」

「你是不是在電話裡說涵薇也在這裡？」商深意識到了什麼，臉色一沉。

「是呀，怎麼了？我還告訴他涵薇的房間號碼，隨口一說的事，有什麼大不了的，大驚小怪！」

崔涵柏被商深的臉色變化嚇得心驚肉跳，想輕描淡寫地化解此事。

「有什麼大不了的？」

商深氣壞了，崔涵柏真是糊塗透頂，他怎麼會傻到把崔涵薇的房間告訴黃廣寬呢！難道他不知道黃廣寬一直對崔涵薇有非分之想嗎？

「你跟我來！」商深情急之下，也顧不上許多，一把拉過崔涵柏。

崔涵柏竭力反抗：「你放開我，商深！我要談生意，你不要耽誤我的大事！」

「閉嘴！」商深被崔涵柏吵得心煩意亂，「再敢叫我打你。」

從來沒見過商深如此兇狠的崔涵柏被嚇到了，目瞪口呆說不出話來。

「你聽裡面是不是黃廣寬的聲音？再聽聽涵薇有沒有在？」

來到崔涵薇的包廂外，商深將崔涵柏的腦袋按在門上，讓他聽個清楚，裡面清楚地傳出黃廣寬發狠使壞的聲音。

崔涵柏傻眼了，愣了片刻就要衝進去，卻被商深拉住了。商深讓他到一邊等著看戲，然後他和馬朵、歷隊、歷江幾個人一合計就有了主意。

集體作戰要的就是配合的戰術，誰配合得默契，誰就是勝利者。商深迅速做出了判斷，決定每人盯梢一個，然後他一馬當先衝了出去。

黃廣寬被商深打倒在地，雖然屈辱，卻認為還有還回來的機會，早晚有一天他會踩著商深的腦袋讓商深求饒；但在被崔涵柏踢了一腳並且宣布中止合作時，他就如洩了氣的皮球，瞬間沮喪得無以復加。

眼見煮熟的鴨子就這麼飛走了，誰不心疼？怪誰，都怪商深。

黃廣寬越想越氣，越氣越怒，一個翻身從地上跳了起來，手指商深的鼻子：「商深，你搞砸了我的生意，你等著，總有一天我要你十倍百倍地償還回來！」

「黃廣寬，你以後再敢打涵薇的主意，敢動涵薇一根手指，我也會要你十倍百倍地償還回來！」商深寸步不讓，氣勢凌人地回應了黃廣寬的挑釁。

寧二還想梗著脖子衝到商深面前，歷江挺身而出擋住他的路：「怎麼？還想耍橫？信不信我一個電話就可以再讓你回到監獄裡蹲著去？」

寧二立刻軟了下來，他太認識歷江了，嘿嘿一笑：「原來是歷警官，失禮失禮。我一定會牢牢記住歷警官的教誨，好好改造，重新做人。但歷警官也要小心些，注意自身安全，嘿嘿。」

「我在所裡等著你，就怕你不敢來。」歷江當警察多年，見多了小流氓大混混的威脅，才不會將寧二的話放在心上。

「還想打架的話，就再打一次。不想打架的話，就趕緊滾蛋，別影響我們喝酒聊天。」馬朵別看個子不高，說話時的聲音也不大，卻頗有威嚴之勢。

馬朵的話一說完，黃廣寬和黃漢對視一眼，知道大勢已去，三十六計走為上策，灰溜溜地逃走了。

「就這麼放他們走？太便宜他們了！」徐一莫望著黃廣寬一行人的背影，氣憤難平，「商深，你真窩囊。要是我，我一定會打得他們生活不能自理！在深圳是他們的主場，我們是客場。來到了北京，在我們的主場，還讓他們大搖大擺地離開，太便宜他們了。」

「就是啊，太便宜他們了，不能放過他們！」崔涵薇拿起手機，「我叫人收拾他們。」

商深卻伸手制止了崔涵薇：「不用叫人，就憑我們幾個，狠狠地修理他們一頓也不在話下。不過，自己動手就不如別人動手有意思了，我們不如作場外的觀眾或許更好。」

「什麼意思？」藍襪也氣不過商深放走了黃廣寬等人。

「推開窗戶看看。」商深朝毛小小點了點頭，毛小小正好坐在窗戶邊。

毛小小乖巧地點點頭，推開窗戶朝外面一看，頓時愣住了：「外面出事了。是剛才的壞人和另一夥人打起來了！」

崔涵薇、徐一莫和藍襪對視一眼，大感驚訝和不解，按捺不住好奇心，紛紛擠到窗前朝外面看。

果然，黃廣寬四人正在門口和另外三個人糾打在一起，不對，準確地說，是被另外三個人痛毆。這三個人對付黃廣寬四個人不但綽綽有餘，還打得黃廣寬四個人團團轉，就連最不要命的寧二也被修理得找不到東南西北，不過他還頑強地硬挺著，不肯求饒。

黃廣寬和朱石、黃漢已經認慫了，黃廣寬跪在地上，舉雙手投降。朱石躺在地上一動不動，裝死。黃漢坐在地上，大口大口地喘著粗氣。對方卻不肯住手，痛打三人不止，顯然是背後主使之人還沒有下令收手之故。

「誰的人？」崔涵薇見黃廣寬等人得到了應有的懲罰，心中怒氣稍平，回頭問商深：「不是你安排的吧？」

「我這麼好的人，怎麼會幹這種打架鬥毆的事情？不是我，當然不是我，百分之分不是我。」商深嘿嘿一笑，摸了摸鼻子。

「哈哈。」馬朵、歷隊和歷江都被商深的裝模作樣逗樂了。

在笑聲中，葉十三和畢京朝商深點了點頭，轉身要走，卻被商深叫住了。商深道：「感謝你們對涵薇的出手相救，既然遇上了，就一起喝一杯吧。」

畢京不想再多待一秒鐘，是商深大展神勇救下了他和葉十三，他剛才狼狽的樣子肯定會成為商深的笑柄。

「我還有事，先走了。」畢京不等葉十三回應，自己出去了。

葉十三留了下來，正好他有話要和商深說。

「到底是怎麼一回事？快說。」

徐一莫按捺不住心中的好奇心，她見外面的戰鬥已經結束了，黃廣寬四人被打得慘不忍睹，怕是連他們爹娘都認不出來了，對方才收手，然後一哄而散，連人影都找不到，顯然是訓練有素的專業選手。

專業選手收拾黃廣寬之類的業餘選手，肯定是手到擒來的事。但問題是，對方到底是誰？

「我在遇到崔涵柏之前，還遇到了另外一個人，你肯定已經猜到了他是誰？對，沒錯，就是祖縱。」

商深含蓄地笑了，他之所以比崔涵薇預計的時間晚到了一會兒，是因為他和祖縱又意外相遇了。

和祖縱一見面，祖縱比商深還熱情，先和商深打了個招呼，然後非要拉著商深一起去喝酒，商深說他還要見崔涵薇，才勉強掙脫了祖縱的手掌。不過祖縱非要留下他的包廂號碼，還拍著胸脯說在後海一帶，誰要敢找事，他保準讓他有來無回。

剛才崔涵柏氣急敗壞地出去後，商深注意到祖縱的房間就在一樓正對門口的地方，崔涵柏路過的話，肯定會和祖縱遇上。以崔涵柏和祖縱的交情，二人一見面，祖縱就會知道崔涵薇遭遇了黃廣寬怎樣的非禮，以祖縱的脾氣，肯放過黃廣寬才怪。

黃廣寬幾人下樓，也必然要經過祖縱的門口，正是因此，商深才放走了黃廣寬，痛打落水狗的任務就交給祖縱完成就行了。以祖縱的為人，他很擅長此事。

果然如商深所料，黃廣寬幾人被祖縱出手狠狠地教訓了一頓。

「好一手漂亮的借刀殺人。」馬朵哈哈一笑，雖然他不是十分清楚祖縱和商深、崔涵薇之間的關係，但大概也可以看出來，商深是成功地借助了祖縱之手，達到了痛打落水狗的效果，「以後如果用到商業上，就是非常高明的借力打力了。」

「馬總……」

葉十三見馬朵和商深關係如此密切，心中隱隱有一種說不出來的感覺，當初他在馬朵手下的時候，商深並沒有在背後說他壞話，足見商深的人品，但為什麼他總覺得商深是個虛偽的偽君子呢，難道是商深隱藏得太深了？

「十三，你的中文上網網站也很不錯，很有創意，很有開拓性。」

馬朵對葉十三沒什麼芥蒂，拍了拍葉十三的肩膀，「我看好你的未來，前提是，你的心胸要再寬廣一些，不要耍小聰明，要學大智慧。小聰明可以一時得意，大智慧卻會一生順利。」

葉十三自然知道馬朵指的是什麼，淡淡地說：「謝謝馬總，受教了。」馬朵看出葉十三並沒有聽進去，也就沒有多說什麼。葉十三在他手下時，表現得很一般，並沒有什麼優秀之處，沒想到跳出來後，居然掀起不小的風浪。現在中文上網網站在業內風頭一時無兩，雖然風評一般，卻牢牢佔據了類型網站流量第一的位置，以目前的速度發展下去，不出意外的話，中文上網網站很有可能會成為超越門戶網站流量的類型網站。

互聯網時代果然是奇思妙想的創業時代，只有想不到，沒有做不到。

商深請大家落座，然後他先敬葉十三一杯：

「十三，今天的事謝謝你。我代表涵薇敬你一杯！」

崔涵薇心花怒放，商深代表她的言外之意，就是當眾確認了他和她的關係。

葉十三微微一怔，目光複雜地看了崔涵薇一眼，默然地點點頭，和商深乾了一杯。

商深又舉起酒杯：「敬馬哥、歷哥和歷江，謝謝你們剛才路見不平，拔刀相助。」

馬朵、歷隊和歷江舉杯回應商深，幾人剛才和商深並肩作戰，按照商深事先的安排，次第出擊、各個擊破，居然一舉打得對方沒有還手之力。

馬朵還好，從小喜歡打架的他天生不怕打架；歷江是警察，見多了小混混大流氓，多少有經驗；歷隊可是從來沒有打架的經歷，還以為上場只有挨打的份兒，卻沒想到竟是大獲全勝。歷隊想起一句話：「兵熊熊一個，將熊熊一窩。」商深還真是有指揮若定的大將之風。

「正好大夥兒都在，十三，有些事我們不妨打開天窗說亮話。」

商深又為葉十三倒了一杯酒。

「我先把話挑明了，如果你不改變你現在安裝惡意外掛程式的策略，我的電腦管理大師會堅決和中文上網外掛程式抗爭到底。」

「為什麼要改變策略？這其實是一條雙贏之路。」

葉十三一開始因為有崔涵薇在場，略有幾分緊張和尷尬，現在慢慢恢復了平靜。

「商深，你可以這樣想，我的中文上網外掛程式越普及，需要卸載的用戶就越多，需要卸載的用戶越多，你的電腦管理大師就越受歡迎。所以我會繼續推廣我的中文上網外掛程式，你也大可以繼續卸載我的中文上網外掛程式，在我們你來我往的較量中，不但提升了各自的知名度，也贏得了更多關注的目光，這是多好的互惠互利的雙贏局面?!」

「這麼說，你是要不遺餘力地推動，讓事態擴大化了？」

商深至此已經完全明白了葉十三的真實想法，也別說，葉十三的思路轉化得也很快，之前還氣急敗壞地要和他沒完沒了，現在卻懂得逆向思考了，進步不小。

「上索狸和絡容的熱門討論，也是你背後推動的結果？」

「都要上索狸和絡容的熱門討論了？」

馬朵微微一驚，雖然他並不贊同葉十三強迫用戶安裝外掛程式又無法卸載的做法，但不得不佩服葉十三藉機炒作的手法竟如此高明，從某種意義上講，葉十三的行為雖然流氓，但沒有觸及法律，所以只能從道義上譴責他，而無法從法律上制裁他。

「是呀，明天上。」

葉十三朝馬朵微笑點頭，又對商深說道：「我的初步打算是，先讓網民們自己討論三天，等醞釀到一個高潮的時候，我們都加入聊天室，和在線的網民一起聊聊，相信肯定會引發一個不小的新聞事件。怎麼樣，商深，你到時不會不參加吧？」

「商深才不會參加，他憑什麼要和你一個流氓討論流氓行為是不是正確的無聊話題？」徐一莫快人快語，直接回絕了葉十三。

崔涵薇目光閃動，沒有說話，藍襪也若有所思，似乎在深思其中的利害關係。

歷江對互聯網不懂，就事不關己高高掛起，湊到徐一莫身邊，悄聲問徐一莫衛辛的近況，被徐一莫一個白眼頂了回去。

馬朵和歷隊迅速交流了一下眼神，二人心意相通，一起點頭。

「你也覺得商深會參加？」馬朵悄聲道。

「必須參加，一定要參加。」歷隊也小聲回應，「如果商深有大局觀，是個帥才的話，他一定會參加。」

果然如馬朵和歷隊所料，商深只沉吟片刻，就答應了葉十三。

「好，到時我一定會出現。」

徐一莫無法理解，怒道：「為什麼？為什麼要和一個流氓一起討論流氓話題？」

「不要忘了，剛才還是流氓救了你。」葉十三忍不住回敬了徐一莫一句，主要也是徐一莫一口一個流氓惹惱了他。

「好吧，就算是流氓，你也是流氓中的好流氓。」徐一莫對葉十三沒有半點好印象。

「不過，我有一個條件……」商深不想讓徐一莫和葉十三無謂的爭論下去，說出了自己的條件，「我們辯論的主題以討論中文上網外掛程式是不是惡意外掛程式為主，其他為輔。」

葉十三明白商深不想讓辯論變成一次變相的宣傳，微一思索就答應了下來：「好，我同意。」

「小心葉十三明修棧道，暗渡陳倉。」葉十三一走，歷隊就及時提醒商深。

「不怕。」商深自信地道：「他可以明修棧道暗渡陳倉，我可以將計就計。」

「怎麼個暗渡陳倉法？」徐一莫不解地問。

「天機不可洩露。」商深笑而不解釋。

「切。」徐一莫擺了擺手，「剛才替你擋了好幾瓶酒，現在該你了，喝，不醉不歸。」

「我開車，不喝酒。」商深拒絕了徐一莫的熱情，「讓大馬哥陪你喝。」

馬朵哈哈一笑：「陪美女喝酒，沒問題。」

毛小小怯生生地湊了過來，柔弱的樣子似乎真的一陣風就可以吹走她，她舉起一杯酒：「商、商大俠，剛才你太厲害了，好像武林高手一樣，我、我敬你一杯。」

「酒就免了，以茶代酒吧。」

商深之前聽毛小小電話中的聲音，以為她是個開朗外向的女孩，不想真人卻是個弱不禁風的小女孩，和她當時說話的語氣很不相稱。就和有些人在網上十分活躍，現實生活中也許是個十分靦腆的人。

「好。」毛小小也不會勸酒，自己先舉起酒杯一飲而盡，「我先乾了。」一杯酒下肚，毛小小就臉上飛紅了，身子一晃，手扶了下桌子才站穩，笑道：「不好意思，我酒量不行，讓你見笑了。」

見她不勝酒力的嬌憨之態很是喜人，想起她給徐一莫打電話時勸徐一莫拿下他的語氣，商深更覺好笑。

「小毛毛是吧？我有個問題要問你。」

「你問吧。」毛小小酒意上湧，眼神迷離，一根手指指向商深，「你問什麼我答什麼，絕不騙人。」

「你和徐一莫是關係多好的朋友？」商深有意問清她和徐一莫的關係。

歷江和徐一莫、藍襪在一邊說話，顯然是在問和衛辛有關的問題。馬朵和歷隊小聲聊天，則是在聊互聯網的話題。崔涵薇一個人在唱歌。

「要有多好就有多好。」毛小小的手指點在商深的手背上，「你、你想知道什麼？」

商深問：「我想知道你為什麼要讓徐一莫拿下我？」

「因為……」

毛小小的大腦因為酒精的關係已有幾分短路，她沒去想商深為什麼要問這樣的問題，眼睛轉了轉，就說出了答案：

「因為一莫只要和我在一起，滿口都是你，你這個你那個，說個沒完，我就知道她完了，她喜歡上你了，因為她從來沒有對別的男孩這麼上心過。我就告訴她，別欺騙自己的內心，遇到喜歡的人就要告訴他，別等錯過了再後悔。」

商深沉默了。徐一莫喜歡他，他始料未及，因為他一直以為和徐一莫是單純的朋友關係，而且徐一莫還是他和崔涵薇走到一起的紅娘。沒有徐一莫的搗亂，也許就沒有范衛衛的誤會。沒有范衛衛的誤會，也就沒有他和崔涵薇的相戀。

不過又一想，徐一莫向來是心直口快的性格，她工作中天天接觸他，說給毛小小的話題自然也會是他。未必嘴裡全是他就是喜歡他，也許是毛小小想多了。

「小毛毛，你做什麼工作？」商深轉移話題。

「我呀……你肯定猜不到，我是金融風險管理師，有沒有聽說過這個職業？」

毛小小頗為自豪地笑了笑，不過由於她長得過於嬌小可愛的緣故，她的自豪之笑看上去很有調皮的意味。

商深肅然起敬！

金融風險管理師ＦＲＭ（Financial Risk Manager）是全球金融風險管理領域的一種資格認證，由美國「全球風險協會」（GARP）設立。每年十一月中旬舉行考試，北京、上海都設有考點，能取得證書的人極少，可以用屈指可數形容。

金融風險管理師不但要求擁有極為深厚的專業知識，而且考試的難度極大，要有超人一等的眼光和敏銳的市場觀察能力，放眼整個國內，有此資格的人怕是不超過十幾人。想不到毛小小居然是其中之一，讓商深無比震驚。

「失敬，失敬，原來小毛毛是金融管理大師。」商深為毛小小倒了杯茶，「敬你一杯茶。」

「喝茶多沒意思，喝酒。」毛小小推開茶杯，非要自己倒酒，「我不是大師，你才是大師。」

「不要喝酒了，你喝多了。」商深奪過毛小小的酒杯，將茶杯放到她的手中，「保持清醒才能繼續我們接下來的談話。」

「接下來我們要談什麼話題？」

毛小小沒再堅持，拿過茶杯，瞇著眼睛。

「根據你的專業知識分析一下，在中國，未來的互聯網公司會不會有前景？」

作為金融風險管理師，商深相信以毛小小的專業知識，肯定對互聯網的未來有一個風險評估。美國許多風險投資巨資投資互聯網，不會是盲目地燒錢，一定事先有過詳細的風險評估。

「我會給你兩個答案，一個是正式的官方答案，一個是非正式的私人建議。」

毛小小談到專業領域的問題時，表情嚴肅了許多。

「或許你會想，美國有許多資金注入到互聯網領域，肯定是對互聯網的前景有過詳細而認真的風險評估了？說實話，評估是有，而且詳細認真，但卻沒有任何指導價值。因為互聯網是新生事物，沒有任何經驗可以借鑒，現有的金融風險管理體系都是建立在互聯網誕生之前的理論基礎之上，所以我認識的許多金融風險管理師在為互聯網的未來做評估時，都會投老闆所好，為互聯網的未來叫好。那麼，正式的官方答案是，中國互聯網的未來前景大好，風光無限。」

商深點頭，毛小小的官方回答和他設想中的一樣，現在任何投資互聯網的風險投資公司都是基於樂觀地看好互聯網前景的出發點。當然，從另一個方面來說，任何投資都有失敗的可能，投資互聯網的失敗機率會比投資傳統行業更大。話又說回來，如果成功的話，回報也會更大。

「非正式的私人建議是……」毛小小見商深聽得認真，自己的理念有人欣賞，心中竊喜。「估計兩年內就會迎來互聯網的第一次泡沫，到時應該會死一大批互聯網公司。不過挺過去之後，就會更加美好了。」

「兩年內？也就是說，在兩千年的時候？」商深有點驚訝毛小小的判斷，「也太快了一點吧？」

就商深而言，他也相信互聯網的迅速發展下，會有泡沫的存在，任何一個新興事物在發展初期如果過快過於迅速的話，必然會產生泡沫，就如越是湍流的河流越會在產生浪花的同時產生大量的泡沫是一樣的道理。有泡沫不要緊，只要擠掉泡沫就可以恢復正常的生態環境了。

「過多的熱錢湧入互聯網行業，導致互聯網的發展速度過快，一些公司的市值虛高，泡沫必然要來得快來得猛了。你瞧，就和這個是一樣的道理……」

毛小小一邊說，一邊往自己的茶杯中倒入啤酒，倒得慢的時候，泡沫就少，倒得快了，泡沫就紛紛湧現，很快就擠滿了茶杯。

商深笑了，毛小小很聰明，很會類比。但如果讓他相信現在的互聯網的繁榮景象就如滿是泡沫的啤酒杯一樣，看似充滿了機會，其中上面有一半是虛假的數據也很難。

不過，毛小小的話還是引起了商深的重視。

「小毛毛，如果我以後成立一家控股投資公司的話，歡迎你加入。」

以後如果事業要做大做強，經濟班底必須從現在開始著手建立。

毛小小開心地說：「好呀，我會好好考慮的。」

第九章

高明反擊

得知商深和葉十三的大戰終於上升到華山論劍的高度後，
范衛衛暗自竊喜葉十三的反擊手法確實高明，
商深也會借助此事持續提升知名度，並且引發電腦管理大師軟體的下載狂潮，
等於商深不但沒有損失什麼，反倒會從中獲利。

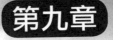

聚會結束後，商深讓崔涵薇一行先走，他送馬朵和歷隊。

歷江自告奮勇護送崔涵薇幾人，主要是他還有許多問題要向藍襪、崔涵薇請教，現在的他對衛辛無比上心，恨不得瞭解衛辛的各方面細節。

「剛才我和歷隊聊了聊中國電子商務的未來，歷隊提到了eBay，他說中國以後的電子商務模式可以模仿eBay，我對此有不同看法。你呢，商深？」馬朵坐在副駕駛座，回頭看了坐在後座的歷隊一眼，「不過我得承認，歷隊的想法很有開創性，他以後如果進軍互聯網行業，也會是一個了不起的人物。」

歷隊對馬朵的盛讚笑著搖了搖頭，並不回應。

eBay創立於一九九五年，創立人叫Pierre Omidyar。當時Omidyar的女朋友酷愛Pez糖果盒，卻為找不到同道中人交流而苦惱，於是Omidyar建立了一個拍賣網站，希望能幫助女友和全美國的Pez糖果盒愛好者交流，這就是eBay的前身。

令Omidyar沒有想到的是，eBay大受歡迎，很快網站就被收集Pez糖果盒、芭比娃娃等物品的愛好者擠爆了。

Omidyar第一件販賣的物品是一隻壞掉的鐳射指示器，以十四點八三美元成交。

他驚訝地詢問得標者：「你難道不知道這玩意壞了嗎？」

他接到以下的回覆信：「我就是一個專門收集壞掉的鐳射指示器玩家。」

從此，Omidyar看到了互聯網世界的無限可能。

「eBay是拍賣網站，拍賣不符合中國人的習慣，中國人喜歡全新的東西，不喜歡二手物品。同時，中國人不喜歡競價買東西。符合中國人習慣的，還是亞馬遜模式。」

商深說出自己的看法，「馬哥以後重新從事電子商務事業的話，可以走亞馬遜的模式。相比之下，亞馬遜的銷售模式更適合中國國情。」

「馬總以後的電子商務，是想面對企業，還是面對終端消費者？」歷隊突然插了句嘴。

「還是以面對企業用戶為主。」馬朵有過中國黃頁的成功經驗，自然要先從為企業使用者服務做起，「以後是不是面對終端消費者，看形勢的發展。」

說話間，車到了「拐角遇到愛」，商深放下馬朵和歷隊。

揮手告別時，商深又特意叮囑了一句：「明天記得關注索狸和絡容的頁面，等我和葉十三公開辯論的時候，你們也要上線幫我搖旗吶喊。」

「沒問題。」馬朵和歷隊異口同聲地說。

「我猜葉十三除了正面對抗之外，還會繼續在改寫代碼上反擊，我決定在適當的時候推出七二四加入戰團，在側面為你呼應。」歷隊和商深握了握手，「是時候了。」

是呀，是時候了，商深打開天窗和車窗，一個人行駛在寬闊無人的路上，夜風一吹，他的頭腦格外清醒，想起剛剛經歷的和黃廣寬的一場大戰，想起明天的論戰，想起未來的無限可能，心中充滿了激情和嚮往。

商深並沒有留意到在他的身後，不緊不慢跟了一輛黑色的奧迪汽車。奧迪汽車遠遠地跟在商深背後，如同夜幕下的幽靈一般，悄無聲息又無比詭異。

車內坐著五個人，開車的是黃漢，副駕駛是寧二，後座是黃廣寬、朱石和畢京。

沒錯，剛剛還和黃廣寬幾人兵戎相見的畢京也赫然身在其中。

「黃總，當時我是迫不得已，希望你能理解，畢竟我要照顧葉十三的情緒。」畢京坐在黃廣寬和朱石中間，被擠得只能側著身子坐，樣子十分滑稽並且狼狽。

「沒事，小事一樁，都過去了。」

黃廣寬不以為然地揮了揮手，他鼻青臉腫，用慘不忍睹形容他一點兒也不誇張，在商深面前倒沒受什麼傷，到一樓的時候被一夥不明身分的人襲擊，才是身上重傷的主要來源。

對方出手之狠之重，超乎想像，黃廣寬一開始還以為對方打錯了人，後來才知道對方打的就是他。他當時十分納悶，他和對方素不相識，幹嘛一上來一言不發就動手打人？還有沒有天理了？

被痛打一頓之後，黃廣寬才猜到恐怕事情還是和崔涵薇有關，但問題是出手的一方是誰呢？他百思不得其解。直到畢京出現，才為他解開了謎底。

原來是有名的祖縱！

雖然不服氣，但黃廣寬也明白一個事實，別說他的根基在深圳，就是他一直在北京混，也鬥不過祖縱。算了，忍了，誰讓祖縱惹不起呢?!

「其實祖縱也不是什麼惹不起的了不起的大人物，北京那麼大，能收拾他的角色大有人在，我就知道一個人，只要他一出面，祖縱立馬夾著尾巴滾蛋。」畢京盯著前面商深的車，目光陰沉如濃重的夜色。

「誰？」黃廣寬眼睛亮了，他今天損失巨大，被打一頓還是次要，主要是到手的鴨子崔涵柏意外飛走了，讓人肉疼不已。早先他還覺得他的放長線釣大魚計畫天衣無縫，沒想到眼見到了臨門一腳的時候，商深卻憑空殺出截胡了，怎不讓人痛心疾首？

痛心疾首之餘，他對商深更恨之入骨了。除了痛恨商深外，對祖縱也連帶有了無邊的恨意。

「夏哲滕！」畢京吐出一個人名。

「夏哲滕是何方神聖？」

黃廣寬對夏哲滕的名字毫無印象，完全不知道他是何許人也。

「具體是什麼來歷，我也不太清楚，只是我聽說過關於夏哲滕和祖縱的一件事，然後知道了他的厲害。」

畢京由於開工廠的緣故，接觸不少三教九流的人物。有一次他和一個送貨師傅聊天，無意中說到了祖縱。送貨師傅是本地人，聽到祖縱的大名後，不以為然地笑了笑，說和夏哲滕相比，祖縱根本是個跳樑小丑。

畢京當時就來了興趣，忙問夏哲滕是誰。送貨師傅喝了口濃得像咖啡的茶水，然後才慢條斯理地說道，有一次祖縱看上了一個女孩，非要追到手。

女孩說什麼也不同意，祖縱放出話說，誰敢收留女孩，誰就是和他作對。

結果好多人害怕祖縱的打擊報復，都將女孩拒之門外。女孩走投無路之下，正想離開北京時，有一個人收留了她，就是夏哲滕。

祖縱聽說夏哲滕收留了他，氣勢洶洶地找上門來，要夏哲滕說個明白為什麼包庇女孩。祖縱帶了十幾個人找上門，夏哲滕則是單槍匹馬坐在辦公室恭候祖縱。

等祖縱一行到了後，夏哲滕只說了一句話，就讓祖縱立馬二話不說，帶領眾人原路返回，從此再也不敢惹夏哲滕半分。

「說了一句什麼話？」黃廣寬被激起了好奇心。

「我也不知道。」畢京無奈地搖搖頭，「我要是知道，恐怕就認識夏哲滕了。可惜不知道，反正從此以後，圈子裡都知道了一件事，天不怕地不怕的祖縱就怕夏哲滕，凡是夏哲滕明確他要照管的地方和人，祖縱絕不敢插手半分。」

「有意思，真有意思！」黃廣寬咧嘴笑了，一笑就扯動了傷口，疼得他一咧嘴，「媽的，商深和祖縱真不是東西，一丘之貉。畢京，這樣，你幫忙接觸上夏哲滕這條線，不管花多大代價都要和夏哲滕建立良好的合作關係，事成之後，我不會虧待你。」

「沒問題，黃總儘管放心。」

凡是不利於商深的事情，畢京都願意大力推動，「還有一件事，黃總，不能總是在背後和商深為敵，應該正面狙擊他的公司，才能對他造成致命的重創。」

「怎麼狙擊？」

黃廣寬頓時興趣大起，目光緊盯著前面商深汽車的尾燈，似乎他的雙眼可以放出鐳射光將商深的汽車尾燈擊得粉碎一樣。

「難道我也要辦一家互聯網公司？」

「那倒不用，可以直接以收購的形式收購一家和商深的公司正在交手的互聯網公司，然後黃總就可以名正言順地介入到和商深的戰爭中。」

黃廣寬明白了什麼：「畢京，你是說葉十三的公司？你不會是變相推銷葉十三的公司吧？我對收購互聯網公司沒什麼想法，更對葉十三的公司沒有半點興趣。」

「既然不想收購葉十三的公司，那就退而求其次，自己成立一家互聯網公司豈不是更好？」

畢京本來對互聯網公司的前景一直不太看好，所以他一直沒有進軍互聯網產業，但眼下看來，想要真正地打敗商深，只有在互聯網的海洋和商深正面較量才行，不過他也沒有精力和時間、興趣從事互聯網產業，不如鼓動精力過盛、資金充裕的黃廣寬進入，也算是高明的借刀殺人之計了。

如果成功了，黃廣寬打敗商深，也收穫了事業，會感激他；萬一失敗，反正損失的又不是他的錢，黃廣寬的錢也來路不正，就當捐給國家了，總之，不管輸贏他都沒有損失，如此好事，何樂而不為?!

「我又不懂互聯網，才不會投資什麼互聯網產業。」黃廣寬不耐煩地擺了擺手，「不要說了，這件事沒可能。」

「其實……黃總，這事我看有點意思。」黃漢想明白了其中的環節，「學習對方才能打敗對方，畢京的話很有道理。我們其實也不用投資多少，拿出幾十萬，弄幾臺伺服器，請幾個工程師，然後模仿商深的軟體。商深出一款，我們就模仿一款，名字也跟著叫，比如他叫電腦管理大師，我們就叫電腦管理大帥，最後一個帥字再美化成一樣，讓人一眼看上去和師字差不多就行了，起到攪亂市場混淆視聽的作用。然後我們的軟體再做得粗糙些，功能上弱一些，讓使用者誤以為我們的軟體就是商深的軟體，然後，商深的軟體就被抹黑了。」

畢京大力地點頭，黃漢不簡單，居然完全領悟到他的意圖，是個人才。如果讓黃漢去開製造廠的話，肯定可以短時間內山寨所有的國際精品。

「這個思路倒是可以考慮……」

黃廣寬從來沒想過要和商深正面為敵，現在禁不住畢京的提議和黃漢的設想，心思大動。

「回去後，黃漢，你具體負責這件事，爭取儘快上馬，在最短的時間內把商深的公司搞死。」

商深並不知道除了葉十三外，黃廣寬也想上馬一家互聯網公司要和他正面為敵，他一夜睡得十分香甜，第二天一早，早早吃過早飯，就開車到了公司。

前幾天，要麼有藍襪陪，要麼有徐一莫陪，要麼有崔涵薇陪，今天他卻是孤單一人。

到了公司一看，崔涵薇、藍襪和徐一莫三個美女都在，一人抱著一份早點，正吃得開心。

「吃過早飯沒？」崔涵薇嘴上還沾了豆漿，她輕輕一擦，笑眯眯地問道。

「好呀，你們自己吃得這麼開心，誰也不管我了，是不是？」

商深上前搶過崔涵薇的早點，狠狠咬了一口，「不行，我得報復你們！」

「要不要我的也來一口？」徐一莫自動送上她的油條。

「還有我的……」藍襪也送上了她的包子。

最難消受美人恩，商深怕了，忙連連擺手：「免了，免了。」然後落荒而逃。身後留下崔涵薇、徐一莫和藍襪三人咯咯的笑聲。

坐進辦公室，打開電腦，商深先到各大下載網站留意了一下電腦管理大師下面的評論，暫時沒有發現異常，不時跳出的負面評論也在正常的比例內。

沒有一種菜可以讓所有人都滿意，同樣，沒有一款軟體可以討每一個人歡心，越受歡迎的軟體被謾罵攻擊的次數越多，商深不但完全理解一些使用者的心態，也同情他們總是對所有事情不滿的心理。

然後他打開中文上網網站，在公告下面的主題討論頁面還在，以遊客的身分進入後，發現裡面的評論有幾千條之多。

商深開始流覽評論。足足花費了一個小時的時間流覽了每一條評論，最後梳理和歸類，總結出了三種類型。一是堅決認定中文上網外掛程式是惡意外掛程式的一類。此類評論，從發言時間、語言風格以及出現的頻率推斷，是正常的用戶，也就是說，不是水軍所為。

二是堅持認為中文上網外掛程式不是惡意外掛程式的一類。此類評論，發言時間密集統一、語言風格一致、出現的頻率往往集中在某一個時段，說明是葉十三雇傭的水軍所為，明顯是推波助瀾者。

三是不是十分肯定中文上網外掛程式到底是不是惡意，持中立立場。此類評論，夾雜在支持和反對的聲音之間，很微弱，很不起眼，被正反雙方大量的辯論和攻擊聲勢淹沒。

由此，商深心中有了主意，基本上只要是正常的電腦用戶，使用中文上網外掛程式一段時間之後，都會被中文上網外掛程式隨機啟動、拖慢系統以及其他惡意行為弄得頭疼，恨不得卸載之而後快。此類用戶佔了中文上網外掛程式用戶的百分之七十五以上。

只有百分之二十五的用戶並不在意中文上網外掛程式的惡意行為，一是他們很少上網，二是他們的電腦配置很高，三是他們太菜鳥，壓根就感覺不出來電腦的快慢。

能夠引起如此眾多用戶的反感，葉十三也算是有本事了。不知道到時和他公開辯論的時候，葉十三會怎樣為自己辯解？

「商總，索狸網的討論頁面出來了。」

商深正沉思時，王松敲門進來，向商深彙報了最新進展：

「頁面做得很正式很隆重，而且放到了首頁。索狸網的影響力果然驚人，才放上去幾分鐘，就有大量網民湧入了。」

商深點點頭，迅速點開索狸網，果然在首頁上有大紅的標題——

「電腦管理大師和中文上網外掛程式之爭，誰是誰非？」

頁面的標語是不偏不倚的立場，簡單地說明電腦管理大師和中文上網外掛程式的恩怨由來，並強調是不是惡意外掛程式要從兩方面判斷，一是有沒有給廣大用戶造成使用上的不便，要由真正的用戶做出評判；二是由相關專家根據中文上網外掛程式的行為做出判斷，來判定中文上網外掛程式是不是惡意外掛程式，兩方面結合之後得出的結論，才算是權威結論。

言外之意雖然沒有刻意指責商深的電腦管理大師卸載中文上網外掛程式是未經允許的個人行為，但還是提出了理不辨不明的道理。

商深搖頭笑了笑，雖然他認識王陽朝，但王陽朝也不會事事過問索狸網的一切事情，論戰的事，相信王陽朝都不會知道。不過商深卻沒有要找王陽朝說情，讓索狸網偏向他的想法，他相信大部分用戶以及專家會支持他的做法。

「絡容網的頁面也出來了。」

商深流覽完索狸網後，又打開絡容網，首頁打開就看到醒目的標題：

「你支持電腦管理大師還是中文上網外掛程式？」

好，事情果然鬧大了，商深有一種感覺自己要即將成為風雲人物的感覺，無奈地幻想著：

「也太出風頭了，兩大門戶網站同時露臉，以後走到大街上會不會被人認出來？再萬一被哪個導演發現了，非要讓我去演戲，一不小心又一炮走紅了，我是不是會成為第一個程式設計師兼天才明星？」

王松忍住笑，徐一莫正好進來，笑得前仰後合：「商總，您醒醒，現在不是做夢的時候，而是您得想想辦法怎麼應戰的節骨眼。」

「怎麼應戰？」商深嘿嘿地笑說：「很簡單，靜觀其變。」

「你這是守株待兔還是坐以待斃呀？」徐一莫不解地瞪大了眼睛。

「都不是。」商深搖搖頭，淡定地說：「是以逸待勞。」

商深說靜觀其變，還真的就靜觀其變，一連三天，他每天都是準時上下班，上上網，改改程式，打打電話，除此之外，什麼事情都沒幹。倒是崔涵薇和藍襪忙得團團轉，新伺服器到了之後需要測試，藍襪和王松接連跑了數趟機房。

新員工到職後需要培訓，崔涵薇天天給他們開會。

徐一莫也忙得不亦樂乎，她現在被商深安排負責協調陳明睿幾人的工作。商深寫出了一二三網站的框架之後，由陳明睿幾人開始搭建骨架，陳明睿需要什麼，遇到什麼難題或是缺少什麼工具，都由徐一莫負責記錄和協調，商深並不出面。

三天來，商深深居簡出，也不知道在做什麼，或者他什麼都沒有做，只是在徹底地放鬆。

商深休息了三天，范衛衛卻奔波忙碌了三天。

在得知商深和葉十三的大戰終於上升到華山論劍的高度之後，范衛衛先是吃了一驚，隨後又暗自竊喜葉十三的反擊手法確實高明，再後想通了，商深也會借助此事持續提升知名度，並且引發電腦管理大師軟體的下載狂潮，等於商深不但沒有損失什麼，反倒會從中獲利。

范衛衛就對葉十三的計策微有不滿，找到葉十三，當面質問他為什麼要這麼做？這麼做的後果只有可能會讓商深也一舉成名，葉十三是不是沒有想到這一點？

葉十三很鎮靜地回答范衛衛，商業上的競爭，是在商言商，追求的就是成功，不管是雙贏還是獨贏，只要贏了就行。贏總好過輸。商戰不是零和遊戲，他和商深只是理念不和而已，並非是直接的競爭對手，只要對他有利，他才不會在意事情鬧大是對商深有利還是有害。

范衛衛卻不贊成葉十三的做法，要求葉十三停止宣傳和造勢，否則她將停止和葉十三的合作。

葉十三現在已經找到了方向，哪裡還將范衛衛放在眼中，哈哈一笑，拒絕了范衛衛命令式的要求，並且強調，他以後也會按照他的思路走下去，不允許任何人干涉他的決定。

范衛衛怒極，想再和伊童理論一番，伊童見識到葉十三在商業運作上天才的一面，也不再聽信范衛衛的話。范衛衛碰了釘子，氣呼呼轉身離去。

在和代俊偉通話之後，范衛衛意識到問題越來越嚴重了，因為合約的原因，代俊偉一時半會無法從美國脫身回國創業，而有跡象表明，Google在今年九月就會正式推出。毫無疑問的是，Google在美國上線後，早晚會輻射全球，中國也會是Google虎視眈眈的市場之一。

如果Google比代俊偉更先一步進軍中國，那麼代俊偉想後來居上，難度就會大上許多。不說Google在搜尋引擎技術上是不是比他的超鏈分析技術還要先進，只說Google雄厚的資金實力，以及美國人做事的專注和敬業精神，身在美國多年的代俊偉對此感同身受，深知差距之大。

范衛衛在國內進展不順利，代俊偉在美國的事情也受到了阻力，出師不利讓代俊偉微顯煩躁，也讓范衛衛大感失落和挫敗感。加上之前在馬朵、王陽朝等人面前遭遇的冷落和回絕，范衛衛心生心灰意冷之感，感覺心累身累，想要回家了。

正當她要買機票回家休息一段時間之時，父母卻告訴她，他們來北京了。范長天和許施二人前來北京，一為看望范衛衛，二為要談一項合作。范衛衛回國後，還沒有回深圳一趟，范長天思女心切。正好到北京出差，就提前安排，和許施一起飛了過來。

一見到父母，范衛衛悲從中來，滿腹的傷心和委屈終於有了依靠的港灣，抱著父母痛哭半天。

見到女兒消瘦許多，范長天知道女兒太過操勞，勸慰女兒如果覺得太累，就不要再從事什麼互聯網產業了，直接到他的公司豈不更好？反正他的公司早晚也要由范衛衛接手。

范衛衛哭過之後，冷靜下來，回絕了范長天的好意，聲稱她不是一個做事情半途而廢的人，必須要幫代俊偉完成所有的前期工作，然後再助代俊偉成就偉業才能功成身退。

范長天知道勸不回女兒的心意，女兒從小到大就是一個非常固執非常要強的女孩，她決定的事，別人從來勸不回頭。就拿她和商深的事來說，如果不是商深移情別戀，她說等商深三年絕對會等三年，一天也不會少。

但也不能讓女兒這麼辛苦下去，范長天大手一揮，為范衛衛在北京買了房子和汽車。房子是最好的地段，汽車是一輛價值五十萬的寶馬，同時還告訴范衛衛，如果范衛衛想自己創業也沒問題，他為她準備了至少三百萬的創業資金。

范衛衛本來沒有自己創業的打算，但被父母說動了，再想到代俊偉也許還要等一年半載都無法回國，她不能虛度光陰空耗下去，就同意了父母的建議，接受范長天的創業資金。

這三天，范衛衛不但在北京有了房子和車子，還有了三百萬的啟動資金，而且還決定了一件足以改變她人生軌跡的一件大事——自己創業，進軍互聯網產業！

以前一直對互聯網未來並不看好的她，卻沒想到，陰錯陽差之下，她居然也成為互聯網浪潮萬千創業者中的一個。

既然決定要自己創業，范衛衛開始重點關注商深和葉十三的大戰。她知道商深和葉十三雖然才嶄露頭角，但二人的上升之勢銳不可擋，早晚會成為叱吒風雲的人物，而二人的發展方向雖然不盡相同，卻代表了互聯網發展的未來趨勢，關注商深和葉十三，就是關注互聯網未來的整體走向。

范衛衛說幹就幹，很快就開始著手前期籌備工作。

倒是說要進軍互聯網產業和商深正面為敵的黃廣寬，回深圳之後，就轉身將創辦互聯網公司的事情拋到了腦後，就連可以制約祖縱的夏哲騰也被他忘得一乾二淨，因為他又重新點燃了想要行騙天下的激情。

比起創業，還是騙人更有意思也來錢更快。對職業騙子來說，騙人也是一門技術活，需要高超的手腕和智商，並且還更刺激。

週四的北京，萬里晴空，已經過了夏至，白天漸短，夜晚漸長，但伏天才剛剛開始。最炎熱的季節來臨了。

對忙碌的都市人來說，週四是最疲憊的一天，經過週一的憂鬱、週二的忙碌、週三的焦慮之後，週五的希望還沒有到，週四就達到了疲憊的頂峰。但對屬於少數精英的網民來說，週四有一個大事件一直牽動他們的注意力。

這個大事件就是商深和葉十三要親自蒞臨索狸網會客室，與廣大網民線上會談，並且當眾辯論電腦管理大師和中文上網外掛程式的孰是孰非。

在索狸網和絡容網連續三天的轟炸式宣傳之下，再在網民們口耳相傳的造勢下，商深的電腦管理大師的知名度在短短三天內翻了一倍有餘，下載量也迅速攀升，幾乎覆蓋了百分之九十以上的網民使用者。

與此同時，中文上網網站流量更是翻了兩倍，如果不是伊童從黃廣寬手中最新訂的伺服器正好到貨，以中文上網網站現在的伺服器肯定不堪重負，早就停工抗議了。

商深的螞蟻搬家的下載量，也隨之上升了十幾萬之多。根據商深自己的監控資料顯示，單是更新後的螞蟻搬家的下載量就達了十五萬以上，而之前舊版本的螞蟻搬家少說也有上百萬的下載量，也就是說，螞蟻搬家幾乎是每一個經常上網的網民的必備軟體之一。

商深大慰，沒有什麼比幾乎每個人的電腦中都有自己編寫的軟體更有成就感的事了，螞蟻搬家和電腦管理大師成為眾多網民必備的基本配備軟體，如此影響力，堪比一線明星了。

不過商深創造的價值和對社會進程推動的促進作用，可比明星大多了。螞蟻搬家大大促進了各種軟體的下載，推動了電腦普及的進程；電腦管理大師讓許多菜鳥用戶慢慢進階成為中級使用者，對電腦作業系統的認知從無到有，再到具備一定的操作水準，商深通過電腦管理大師對網民的知識普及以及各種功能使用的提升功不可沒。

對任何事物的接受都要有一個循序漸進的過程，但在漸進的過程中，總有一些先驅者一馬當先，走在最前面，以自己的寶貴經驗來引領眾人前進，讓後來者減少誤判並且少走彎路，從而更快地抵達未來。

作為推動中國互聯網商業化進程的關鍵人物之一的商深一向低調，從不顯示自己的存在，卻在暗中用電腦管理大師和螞蟻搬家兩款軟體潛移默化地影響無數網民，為提升網民對電腦的認識和對互聯網的接受，做出了不可磨滅的貢獻！

伴隨著中文上網網站訪問量的激增，中文上網外掛程式的安裝也達到了一個前所未有的高峰，根據葉十三的監控資料顯示，兩大門戶網站推廣三天以來，中文上網外掛程式的安裝量以每天十幾萬的速度遞增，只三天時間就超過了以前的總和。

當然，由於連帶宣傳了電腦管理大師的原因，中文上網外掛程式的卸載量也同樣上升到了一個驚人的數量，達到了每天二十萬，一進一出，每天幾萬的負成長。不過伊童卻沒有因此憂心忡忡，相反，還喜出望外。

因為中文上網網站的訪問量在世界排名居然一度躍升到了中國前十的高度，甚至超過一些老牌網站，直讓業界驚呼：狼來了！

互聯網時代就是創造奇蹟的時代，誰也想像不到一個成立才半年的網站，上升的速度會如此驚人。甚至有人開出了兩千萬美元的高價要收購中文上網網站，伊童保持了足夠的理智，第一次沒經葉十三提醒就主動拒絕了對方。

因為伊童看到了未來，看到了中文上網網站的無限可能，看到了互聯網正在創造越來越多的奇蹟和財富神話。

不過在過度膨脹的自信之外，伊童還是隱隱有一絲擔心，她擔心照此下去，不用多久，中文上網外掛程式就會被卸載乾淨，到時反倒為他人作嫁衣裳，犧牲了自己，成就了商深，豈不是成了冤大頭？

第十章

一齣大戲

我明白了，敢情有時鬧得沸沸揚揚的商戰，

原來是當事人雙方背後早就預謀好的一齣大戲，

要就是演給不明真相的觀眾看個熱鬧。

觀眾看了熱鬧，當事人雙方收穫了眼球贏得了知名度，一舉兩得，何樂而不為

對此，葉十三胸有成竹地做了詳細解釋：

「放心，商深如果聰明的話，不會對我們的中文上網外掛程式趕盡殺絕，為什麼？一想就明白了，鳥盡弓藏，如果商深把中文上網外掛程式逼到了絕路上，對許多安裝電腦管理大師只為卸載中文上網外掛程式的用戶來說，他的電腦管理大師就失去了利用價值，也會隨即被卸載，商深會傻到和我們同歸於盡嗎？他才不會。他要的是市場，我們要的也是市場，說到底，我們和商深之間鬥得越兇，越有利於彼此，一旦一方死掉了，另一方也失去了前進的支撐點。」

伊童放心了：「這麼說，我們和商深之間的戰爭持續得越久，就對雙方越有利了？那麼在什麼時間引進融資或是上市才最合適呢？」

葉十三微一沉吟：「九七年如果算是中國互聯網元年的話，九八年就是蓬勃發展的一年，九九年應該會是初步形成格局的一年，那麼到了兩千年就會達到頂峰，任何事物達到頂峰就會開始衰落，我估計到了二〇〇一年會有一個短暫的下降期，下降期會有多長時間，很難說，但過了下降期後，會再次迎來一個飛速上升的膨脹期。如果有信心的話，兩千年之前上市最合適。如果兩千年上市不了，二〇〇一年後再賣掉公司，可以賣出一個最合適的價格。當然，如果你現在非要引進資金的話，明年年初會達到最大估值。」

「聽你的。」伊童被葉十三的分析震驚了，以仰慕的目光看了葉十三一眼，眼中流露出濃濃的柔情蜜意，「十三，我發現你越來越成熟，越來越有男人味道了。」

葉十三自豪的眼神一閃而過，又表現出了應有的謙遜和低調：「都是伊總領導有方，眼光長遠。」

「少拍馬屁。」伊童開心地笑了。

索狸和絡容兩家網站對電腦管理大師和中文上網網站的宣傳，也吸引了大量的流量，兩家網站的訪問量亦是激增不少，提升了至少百分之三十以上。同時，由於採取必須註冊才能發言的策略，大量湧入的網民紛紛註冊了兩家網站的會員，讓兩家網站也留住了大量用戶。

此事，讓四方同時成為了勝利者。

由於索狸和絡容在業內舉足輕重的位置，兩家網站的聯合宣傳，也引發了業內的激盪。不少其他網站紛紛報導此事，或是專題形式，或是標題形式，總之，幾乎國內每一家網站都不甘落後地在醒目位置報導了此事，話題性十分火熱甚至還有一家國外的網站也拿這件事大做文章，標題更是嚇人：「中國的互聯網正式進入戰國時代？」

正好近來國內的互聯網沒有新的網站問世，又沒有什麼重大事件，處於一個冷寂期，商深和葉十三的事件點燃了整個互聯網的戰火，燃燒了一九九八年夏季最炎熱的時節。

更讓人意想不到的是，就連國內一些報紙也加入了討論之中，紛紛報導此事，讓許多不上網的人因而改變了習慣，開始打開電腦登錄網站，加入網民的大軍之中。

據不完全統計，商深和葉十三的戰火至少帶動了幾十萬人從對互聯網不感興趣到變為無網不歡的資深網民。

週四一早，商深開車來到公司，剛剛坐定，徐一莫就奉上一杯咖啡。

「今天別喝茶了，喝杯咖啡提神。」

徐一莫難得地表現出溫存的一面，她媚眼如畫，眼波流轉，「小毛毛讓我轉告你，她說經過她的慎重考慮，你什麼時候需要她，她會在第一時間響應你的號召，投入到你的團隊中。商哥哥，老實交代，什麼時候你又俘獲了小毛毛的芳心？」

都什麼時候還有閒心開這樣的玩笑？商深喝了口咖啡，意味深長地說：「一莫，從現在起，不經我的允許，誰也不許進入我的辦公室，聽到沒有？」

「涵薇和藍襪也不允許？」

「不允許，包括你！」商深神情嚴肅，一點兒也不像開玩笑。

「幹嘛這麼認真？真的不需要我在旁邊紅袖添香，關鍵時候也許還可以提醒你一下？」徐一莫繼續逼近。

商深被她煩到了，「你怎麼還不走？馬上就要開始了。」

「好，我走，我走！」徐一莫舉雙手投降，「怕了你了，不就是上網和葉十三辯論，犯得著這麼如臨大敵？對了，忘了告訴你了，涵薇今天有事，不會來公司，你想讓她在旁邊幫你也沒可能了。要不要告訴你，她和誰見面談事情去了？還有，藍襪今天去中關村，她要和文盛西談合作，也不來公司，所以，公司上下除了我之外，沒有別人了。你真決定了？」

崔涵薇和人談事情去了？怎麼在今天這個節骨眼上非不在公司？商深沒有深究，見徐一莫一臉期待，就改變了主意：「好吧，你在也好，也許關鍵時候還真可以出出主意。」

「好耶。」徐一莫立刻喜笑顏開，迅速跑了出去，為自己端了杯咖啡進來，然後反鎖了辦公室的門，「這下好了，誰想進也進不來了。」

商深無語，她也不怕別人誤會一男一女反鎖在辦公室會有什麼事情發生？算了，不管她了，時間到了，該登錄了。

今天和葉十三約定的是在索狸網辯論，商深之前已經在索狸網註冊了用戶名，登錄後進入會客室，發現線上人數已經達到十幾萬人之多。

好傢伙，影響力遠遠超出他的預料，這確實是一次絕佳的宣傳，葉十三越來越展現出借勢造勢的高明一面了。

三天來，商深並非完全休息放鬆，他一直在關注留言內容。這次葉十三顯然發動了水軍，一開始水軍水漫金山，來勢洶洶，中文上網外掛程式的讚歌完全蓋過所有的留言和評論，彷彿漫山遍野的山茶花盛開，卻不見青草，顯然不太正常。

水軍除了對中文上網外掛程式高唱讚歌之外，自然要對電腦管理大師口誅筆伐了，極其嘲諷和謾罵之能事，將電腦管理大師貶得一文不值，說是阻礙社會進步和時代發展的絆腳石，商深是個見不得別人成功的勢利小人，如此等等。

王松被這些評論氣得急了眼，一怒之下未經請示商深，讓鄭明睿等人也發起水軍對葉十三進攻反擊。商深知道後，要求王松不要以水制水，立即停止水軍的反擊。王松不理解，卻不得不執行商深的命令。

王松的水軍一退，葉十三的水軍更加囂張了，大有誓不甘休之勢。

正當葉十三的水軍狂妄到極點之時，正應了一句話——盛極而衰，正常的用戶發現了其中的不對。

其實，群眾的眼睛是雪亮的，明顯可以看出對軟體的討論變成了人身攻擊，而且只有一方謾罵，沒有另一方還口，分明是單口相聲的表演，於是，群眾終於明白真相，自發性地對抗水軍，就連一些原本支持葉十三的網民也轉向支持了商深一方。

面對群情激奮，水軍膽怯了，如退潮的海水一般迅速退卻。

其實是葉十三察覺到了不對，如果再任由水軍對商深謾罵和攻擊下去，他和商深也不用辯論了，直接認輸就行了。

網民比起大多數人來說都更具備明辨是非的眼光，習慣了網路的虛幻和真實的界限，就很容易區分出網路上的真實和虛假。葉十三要求伊童趕緊收回水軍，否則，絕對輸得很慘。

三天內，頭兩天水軍洶湧澎湃，最後一天卻全面退潮，偃旗息鼓，明眼人都可以看出其中的貓膩。這也讓葉十三心中蒙上了一層陰影，聰明反被聰明誤，說的就是他和伊童。

九點三十分，辯論正式開始。

索狸網專門有一名主持人主持辯論。在正式開始前，主持人私下和商深、葉十三溝通過，要求在辯論過程中，不要出現謾罵和人身攻擊，要文明辯論，理智辯論。

主持人首先發言：

「各位朋友，各位網民，今天索狸網有幸請到施得電腦有限公司的CEO兼電腦管理大師、螞蟻搬家兩款當火軟體的作者商深先生，和中文上網網站的CEO葉十三先生，大家歡迎。」

「眾所周知，中文上網網站推出之後，立刻在業內引發了追捧熱潮，許多人稱為之跨時代的發明，具有不可替代的歷史意義，為許多英文水準粗淺的上網者提供了方便便捷的中文上網方法。正是由於中文上網網站的推出，才推動了更多網民加入到互聯網的大家庭中。但隨著時間的推移，越來越多的初級上網者由新手成長為老手，不再需要中文上網網站時，想要取消中文上網網站的功能，卻赫然發現，中文上網所依賴的中文上網外掛程式無法正常卸載！此事一時引發了業內的議論，到底中文上網外掛程式無法卸載的做法是善意的停留還是惡意的耍賴？」

「而且越來越多的用戶發現，中文上網外掛程式不但無法卸載，而且使用時間久了，還會拖慢電腦系統，影響電腦的正常使用，更讓人無法接受的是，中文上網外掛程式還會積累大量的垃圾無法清除，佔據了寶貴的硬碟空間不說，久而久之，有可能會影響到系統的穩定性，所以，電腦管理大師順勢而為，加入了可以卸載中文上網外掛程式的功能，一經推出就大受歡迎。」

「電腦管理大師可以卸載中文上網外掛程式，自然引起中文上網外掛程式作者葉十三先生的不滿，葉十三先生隨即更新了中文上網外掛程式，讓電腦管理大師無法卸載中文上網外掛程式的同時，還加入了鉤子代碼，反向導致電腦管理大師崩潰。電腦管理大師迅速做出反擊，重新改寫了代碼，又恢復了可以卸載中文上網外掛程式的功能。雙方的大戰由此展開……」

「到目前為止，據不完全統計，電腦管理大師至少卸載了安裝了中文上網外掛程式的用戶之中的三分之一強，而且數量還在急劇上升中。對於中文上網外掛程式到底是不是惡意外掛程式，不但眾多用戶各執一詞，商深先生和葉十三先生也各有不同的看法，下面就請商深先生和葉十三先生為大家解答疑惑。那麼先請商深先生發言……」

在主持人冗長的開場白中，商深安然不動，表情沉靜，目光平靜；倒是徐一莫，搬了一把椅子坐在商深的旁邊，目不轉睛地盯著電腦，她的注意力不在主持人的發言上，而是關注下面線上網民的評論。

總體來說，網民的評論還算理性，說什麼的都有，不是一邊倒攻擊電腦管理大師或是中文上網外掛程式。

「一莫，你有沒有想過一種可能，葉十三會不遺餘力地推動戰爭持久化、全面化，時間越長，波及範圍越大，對他也越有利？」商深準備發言前，突然冒出一句話。

「嗯，想到了，話又說回來，持久化和全面化對我們也有利，是雙贏的局面。」徐一莫不明白商深的真實想法，「商哥哥，你是想配合葉十三的行動，還是另有想法？」

「表面上配合，暗中推動自己的網站。」商深笑了笑，「兵不厭詐，在商言商，我也不會錯過任何一個可以提升知名度的宣傳機會。」

「主持人好，葉十三先生好，各位網民好，我是商深。」商深開始發言了，他努力平抑微微激動的心情，感覺如同站在燈光閃爍的舞臺上一樣，面對舞臺下面黑壓壓的人群，說不激動那是騙人。

商深一發言，下面立刻迅速湧現了上百條留言。

「商大俠你好，你是我的偶像。」

「哇，真是商大俠本人嗎？太激動了。我從中文處理軟體時代就是你的忠實擁護者，凡是你的軟體，我都第一時間下載。你的每一款軟體都很有特色，而且都能照顧到使用者的感受，太了不起了。」

「商大俠萬歲！」

「商哥，支持你繼續寫出照顧用戶感受一切為使用者著想的好軟體！」

「支持商哥！」

下面的留言好評一片，就和明星站在臺上朝臺下揮手，臺下觀眾激情澎湃沒有區別。

商深第一次感受到成功的熱潮撲面而來，就如一股清新的風吹拂臉龐，無比舒暢又無比愜意，他心中充滿了幸福和感動，運指如飛打出一句話：

「謝謝朋友們的支持，正是因為你們的需要，我的存在才有意義！謝謝，我會與你們同在！」

下面的留言瞬間又湧現出上百條。

徐一莫直了眼睛，屏氣凝神，不敢相信地盯著電腦螢幕，大腦頓時短路了！儘管她知道商深在業內的知名度很高，她只當商深是圈內有名氣，卻沒想到在圈子外，在廣大用戶的心目中，商深的地位也如此之高。如果此時商深是站在人群中，還真有一呼百應的王者之風！

厲害，太厲害了！徐一莫真切地感受到了原來高人就在身邊的感覺，原來一直以來和她關係親密無間、看上去沒大沒小、從來沒有架子不會罵人的商深，居然是一個讓無數人崇拜甚至膜拜的神人。

徐一莫一拍商深的肩膀：「商大俠，你是我的偶像。」

商深沒理會徐一莫，繼續話題：

「說實話，今天和朋友們線上上互動，我很激動，也很高興。當初寫電腦管理大師的初衷，就是為了服務每一個剛剛接觸電腦的網民，因為我一直想起我第一次接觸電腦時的新奇、激動但又手足無措的心情，我就想，會有多少人和我一樣喜歡電腦但又不知道怎麼樣操作怎麼使用，或是在學會了使用和操作之後，不知道怎樣才能更好地管理電腦，讓一切都順暢運行，一切都符合自己的使用習慣？正是基於以上的出發點，我萌生了要寫一個電腦管理大師軟體的念頭，我的想法其實很簡單——讓每一個喜歡電腦的人，都能熟練地操作電腦，並且按照自己的使用習慣管理電腦。他不需要學習太多的電腦知識，也不需要會編寫程式，電腦只是生產力工具，他只想讓工具好用並且得心應手即可。那麼他只需要學會一個程式就可以，這個程式就是……」

商深故意停頓了一下，下面立刻又出現了上百條留言，清一色的全是：「電腦管理大師！」

看到電腦管理大師快速洗版，感受到支持者的火熱，商深眼眶溫潤了。是的，每個人都渴望成功，但成功的定義不盡相同。財富是成功，地位是成功，贏得了無數人的認可和讚賞，才是最大的成功。被人需要和心中無缺，是最無價最無可比擬的功成名就！

「一開始我並沒要卸載中文上網外掛程式的想法，但後來越來越多的用戶反映中文上網外掛程式會拖慢、影響電腦的使用並且會產生垃圾，我才注意到中文上網外掛程式的問題。在此，我要向各位朋友道歉，因為我不用中文上網，所以忽略了大部分用戶的感受，以至於中文上網外掛程式成為頑疾之後，才意識到了問題的嚴重性。如果電腦管理大師早早發現了問題的存在，然後提前修補了ＩＥ流覽器的漏洞，讓中文上網外掛程式無法安裝在ＩＥ流覽器上，不就一切ＯＫ了？好在發現及時，亡羊補牢猶未晚也，在收到無數用戶的呼聲之後，我決定在電腦管理大師中正式加入卸載中文上網外掛程式的功能。」

「然而讓人意想不到的是，電腦管理大師加入了卸載中文上網外掛程式的功能後，立刻引發了葉十三先生的憤怒。葉十三先生的理由很簡單，認為我是故意故意針對他，並聲稱中文上網外掛程式不是惡意外掛程式，電腦管理大師將中文上網外掛程式歸類到惡意外掛程式之中，是對中文上網外掛程式的故意詆毀。葉十三先生隨後就修復了中文上網外掛程式的代碼，並且加入了鉤子代碼，反向導致電腦管理大師崩潰。為了保證電腦管理大師的正常使用，我又重新修復了電腦管理大師的問題，並且再次恢復了卸載中文上網外掛程式的功能……

以上就是事情的全部始末，葉十三先生覺得我一個人無權定義中文上網外掛程式是不是惡意外掛程式，就請我和他線上公開辯論，在此，我並不想多說什麼，中文上網外掛程式是不是惡意外掛程式，用葉十三先生所說的話就是——我說了不算，他說了也不算，你們說了才算！」

「是惡意外掛程式！」

「絕對是惡意外掛程式！」

「百分百惡意外掛程式！」

底下呼聲一片，幾乎全部是支持商深的聲音。徐一莫面露喜色，商深卻微微皺眉。

「怎麼了？」徐一莫察覺到了什麼。

「不太對，以葉十三的性格，應該大規模發動水軍反擊才對，現在幾乎沒有反對的聲音，難道說，他今天不準備發動水軍了？」

商深太瞭解葉十三了，正是因為太瞭解了，所以才隱隱覺得葉十三的舉動有點反常。

「中文上網外掛程式不是惡意外掛程式，雖然不能卸載，又拖慢系統，但也是軟體自身不完善所致，並沒有什麼惡意行為。電腦管理大師卸載中文上網外掛程式，才是必須譴責的惡意行為。」

「對，電腦管理大師卸載中文上網外掛程式才是惡意行為。電腦管理大師才是惡意軟體，建議大家都卸載電腦管理大師。」

「都不要爭了，要我說，電腦管理大師肯定不是惡意軟體，但中文上網外掛程式是不是惡意軟體，也不應該由商深或是葉十三判斷，應該由用戶判斷。不如投票決定中文上網外掛程式是不是惡意外掛程式，你們同意不同意？」

「同意！」

「同意！」

「……」

後面瞬間出現了幾百條同意，將前面的評論洗刷得不見了蹤影。

商深明白了，投票表決才是葉十三的殺手鐧，想必葉十三將全部水軍都準備在了投票階段，所以現階段的辯論已經不重要了。

果然，葉十三發言了。

「今天很榮幸在索狸網的會客室和大家坐在一起，感謝索狸網的支持，感謝商深先生的信任。作為中文上網外掛程式的作者，我最初的本意也是本著為用戶著想的出發點，想為喜歡上網但苦於英文基礎薄弱、記不住複雜的英文網址的朋友，提供一個方便快捷的上網方法。安裝外掛程式，是為了在流覽器位址欄輸入中文名稱後，可以直接翻譯為英文網址，是一個必不可少的程式。當然，我也有欠考慮的地方，一是外掛程式還不夠完善，會產生大量的垃圾，二是由於程式的不成熟，導致安裝之後無法卸載。等於是到別人家裡作客，別人想送客的時候卻發現客人賴著不走了。從某種意義上來說，確實有耍賴的嫌疑，也就是說，被電腦管理大師定義為惡意外掛程式，也不為過……」

葉十三改變了策略！

商深瞬間明白了，今天葉十三並不想和他就中文上網外掛程式到底是不是惡意外掛程式的問題進行辯論，他要的是宣傳，是投票，是博取同情。說到底，他的最終目的就是想成名，想為中文上網網站造勢。至於中文上網外掛程式是不是會因此而得以正名，不在他考慮的範圍之內。

商深猜對了，因為小視窗彈了出來，葉十三終於主動和他私訊了。

「商深，今天我們就不公開辯論中文上網外掛程式是不是惡意外掛程式了，沒意義，也沒必要。就讓網民投票決定吧，不過我保證，投票的最終結果不會影響到我們接下來的較量。其實不管中文上網外掛程式是不是被定義為惡意外掛程式，都不影響有人繼續卸載有人繼續使用，你說呢？」

「你的意思是？」商深只簡單地回答了一句。

「上次我們也聊過了，我的意思也很明白，一唱一和，互相演戲，擴大影響，增加市值，達到雙贏的目的。」

「……」商深沉默了。

「其實這樣也挺不錯的，商哥哥，你還猶豫什麼？」

徐一莫以為今天會有一場激烈的辯論賽，不料卻是雷聲大雨點小的鬧劇，她在失望之餘，又有了幾分新的感悟。

「我明白了，敢情有時鬧得沸沸揚揚的商戰，原來是當事人雙方背後早就預謀好的一齣大戲，要就是演給不明真相的觀眾看個熱鬧。觀眾看了熱鬧，當事人雙方收穫了眼球，贏得了知名度，一舉兩得，何樂而不為？怪不得三天來你一點也不緊張，每天都跟沒事人一樣，要麼晃蕩，要麼放鬆，原來是早就料到了今天的局面。」

不錯，不簡單，徐一莫越來越有思考能力了，居然一語中的，商深含蓄地說：「聰明，猜對了。」

「這麼說，今天會是一個不了了之的局面了？」

「不然呢？」

「也是，不了了之才更能繼續吸引大家的關注，如果真的有一個結論出來，反倒讓人失去了興趣。你和葉十三都是聰明人，而且還是狡猾式的聰明。」

「錯了，整個事情都是由葉十三一手推動，沒我什麼事情，我只是順勢而為而已。」商深一攤雙手，「我也是受害者。」

「切，表面上葉十三是推動者，是掌握了主動的一方，其實他還是被你牽了鼻子，你肯定還有後招。」徐一莫一拉商深的胳膊，「商哥哥，快告訴我，你到底想要達到什麼目的？」

「天機不可洩露。」商深哈哈一笑，不再理會徐一莫，而是打字回答了葉十三。

「投票的話，會是一個結果？」

「平手。」

葉十三幾乎是沒有任何停頓就回答了商深，顯然一直在等商深的問題：和商深預料的一樣，他微一思忖：「我相信你的誠意和人品。」

「好。」

葉十三見商深答應了，發了一個握手的表情。

下面的留言仍在繼續，逐漸上升成支持商深的一方和支持葉十三一方的口水戰，雙方各執一詞，磚頭和謾罵齊飛，口水和人身攻擊輪番上演，好一齣異彩紛呈的鬧劇。

主持人見形勢有失控的跡象，忙出面維持秩序：

「各位朋友，經過和商深先生、葉十三先生的溝通，二人一致同意有關中文上網外掛程式是不是惡意外掛程式的問題，會在索狸網發佈一個投票調查，屆時請大家踴躍投票。請記住，你的每一票都事關你心目中的軟體的最終定義！好了，今天的見面會到此為止，謝謝大家光臨。」

會客廳被關閉的前一秒鐘，還噴湧出無數評論，可見今天的會面是如何的火爆以及成功。

商深伸伸懶腰，合上了筆電的螢幕，打了一個大大的哈欠，剛要指揮徐一莫，再續一杯咖啡，電話就及時響了。

不出所料，正是葉十三。

「商深，今天謝謝你的配合。我和索狸網溝通過了，投票頁面很快就會做出來，到時會在後臺做控制，不管支持或反對的票數有多高，都會做一個平衡處理，最後會是平手的結果。所以你不用擔心。還有，趁著現在的熱度正好，三天後，我們絡容網再見。下一次討論的主題應該會有所變化，到時我們再具體溝通，怎麼樣，有沒有意見？」

「沒有。」

商深平靜地聽葉十三說完，又平靜地回答了他，平靜得就如一方大海，深不見底。

「好，到時見。」

「怎麼我總覺得你被葉十三牽著走啊？商哥哥，商總，你到底是什麼打算，能不能告訴我一下？」徐一莫被商深的態度弄糊塗了。

商深悄然一笑：「對了，涵薇去見誰了？中午回來嗎？」

「范衛衛。中午應該不回來了。」

「走，想吃什麼，我請客。」商深忽然心情大好，一拉徐一莫，「好好慶祝一下今天的勝利。」

「今天哪裡勝利了？」徐一莫完全摸不著頭腦。

「時間是驗證真理的唯一標準。」商深哈哈一笑，「頂多半年，你就會知道今天到底奠定了一個什麼樣的繼往開來的局面。」

「哼！」徐一莫不滿地衝商深揮舞了幾下拳頭。

下午，索狸網的投票頁面就出來了，在上線後的一個小時內，投票人數就超過了五萬人次，令人詫異的是，支持和反對雙方的票數一直十分接近，始終是你追我趕的局面，讓人揪心。不過也正是因此，才讓支持商深和支持葉十三的雙方不停地登錄索狸網查看票數，索狸網的訪問量持續攀升。

三天後，商深和葉十三作客絡容網，在絡容網上又舉行了一次正面辯論。和上次在索狸網的辯論有所不同的是，葉十三當眾承認中文上網外掛程式不允許用戶卸載有不妥之處，後續會改進方法，不排除中文上網外掛程式會主動提供卸載選項，以方便使用者的使用。

商深則強調，電腦管理大師並非刻意針對中文上網外掛程式，凡是對用戶的電腦有任何影響使用者正常使用行為的軟體，都會被歸類為惡意軟體，電腦管理大師絕對不會放過任何一個企圖綁架使用者使用習慣的惡意軟體。

群情依然激奮，關於中文上網外掛程式是不是惡意軟體的爭論，依然是沒有結論。絡容網的訪問量也達到了歷史新高。

隨後，絡容網推出了投票頁面，出人意料的是，一開始支持中文上網外掛程式的呼聲壓過了反對的聲音。不過隨後不久，反對的票數再次攀升，和支持的一方持平。

兩場辯論以及兩大門戶網站的投票，將商深和葉十三的名氣推到了前所未有的高度，同時，商深和葉十三公司的市值也飛速上漲，如果此時出手的話，絕對會賣到一個意想不到的好價錢。但商深和葉十三都不約而同地保持了理智，沒有被資方叫出的高價打動。

再後不久，葉十三再次改寫了中文上網外掛程式的代碼，導致電腦管理大師又一次無法成功卸載。同時，葉十三聲稱中文上網外掛程式已經改版，不會再導致大量垃圾的產生，也不會再拖慢系統，使用者可以放心使用。

儘管葉十三的聲明信誓旦旦，不過用戶不久之後還是發現中文上網外掛程式的頑疾仍在。半個月後，電腦管理大師回應了用戶的呼聲，再次推出新版，恢復了卸載中文上網外掛程式的功能。

如此，你來我往，雙方的較量一直持續了數月之久不見勝負。

九月，從美國傳來消息，Google正式在美國加州以私有股份公司的型式創立，Google公司的成立，預示互聯網搜尋引擎的大戰正式點燃。

Google公司的成立，也讓代俊偉加重了迫切感，然而他在美國的合約沒有到期，沒有辦法回國。與此同時，一個驚人的消息傳來，他的開路先鋒范衛衛在北京成立了自己的互聯網公司，並且推出了一款包含了電腦管家部分功能的全能軟體，劍鋒所指之處，赫然是商深的電腦管理大師！

十一月，馬化龍終於在深圳正式成立深圳企鵝電腦有限公司，三巨頭之一的企鵝浮出了水面。

十二月，醞釀已久的興潮網也正式在北京推出，三大門戶網站，終於全部亮相。

中國互聯網終於迎來了二點零版本的時代，也是群雄逐鹿的戰國時期。

商深的黃金時代，也隨之正式來臨。

轉眼時間到了一九九九年。

一九九九年的春節剛過，北京天寒地凍，正在公司處理事情的商深忽然先後接到馬朵、馬化龍和代俊偉三人的電話。

「商深，晚上有沒有時間，我們聚一聚，我有一個重大決定要徵求你的意見。」馬朵的聲音很急迫。

馬化龍的聲音同樣透露出一絲期待：「我和向西明天到北京，和你面談，務必不要離京，有重大事情協商。」

代俊偉的語氣稍顯平靜，不過平靜中亦有一絲時不我待的焦慮：「商深，我後天回國，你有空嗎？我想和你深入談一談。」

請續看《當代商神》8　石破天驚

當代商神 7 高明反擊

作者：何常在
發行人：陳曉林
出版所：風雲時代出版股份有限公司
地址：10576台北市民生東路五段178號7樓之3
電話：(02) 2756-0949
傳真：(02) 2765-3799
執行主編：朱墨菲
美術設計：吳宗潔
行銷企劃：林安莉
業務總監：張瑋鳳

初版日期：2018年11月
版權授權：閱文集團
ISBN：978-986-352-638-4

風雲書網：http://www.eastbooks.com.tw
官方部落格：http://eastbooks.pixnet.net/blog
Facebook：http://www.facebook.com/h7560949
E-mail：h7560949@ms15.hinet.net
劃撥帳號：12043291
戶名：風雲時代出版股份有限公司

風雲發行所：33373桃園市龜山區公西村2鄰復興街304巷96號
電話：(03) 318-1378
傳真：(03) 318-1378
法律顧問：永然法律事務所 李永然律師
北辰著作權事務所 蕭雄淋律師

行政院新聞局局版台業字第3595號 營利事業統一編號22759935

定價：280元　特惠價：199元

國家圖書館出版品預行編目資料

當代商神 / 何常在著. -- 初版. -- 臺北市：風雲時代,
2018.07-　冊；　公分

ISBN 978-986-352-638-4（第7冊；平裝）

857.7　　107007803